AF269812

# LOS DOCE DÍAS

## - de -

# DASH & LILY

# LOS DOCE DÍAS
## - de -
# DASH & LiLY

## Rachel Cohn & David Levithan

Traducción de Silvina Poch

Argentina – Chile – Colombia – España
Estados Unidos – México – Perú – Uruguay

Título original: *The Twelve Days of Dash and Lily*
Editor original: Alfred A. Knopf, un sello de Random House Children's Books,
Random House, Inc., New York
Traducción: Silvina Poch

1.ª edición: noviembre 2021



ISBN: 978-84-17854-04-1
E-ISBN: 978-84-17981-72-3
Depósito legal: B-13.740-2021

Fotocomposición: Ediciones Urano, S.A.U.
Impreso por: Rodesa, S.A. – Polígono Industrial San Miguel
Parcelas E7-E8 – 31132 Villatuerta (Navarra)

Impreso en España – *Printed in Spain*

*Los doce días de Navidad* son los doce días entre la fiesta de Navidad y la de Reyes (6 de enero). Esta canción se publicó por primera vez en Inglaterra en 1780 y cuenta con distintas melodías. La más conocida procede de un arreglo de una melodía folklórica del compositor inglés Frederic Austin de 1909.

**Los doce días de Navidad**

*El primer día después de Navidad,*
*Mi amor me mandó*
*Una perdiz en un peral.*

*El segundo día después de Navidad,*
*Mi amor me mandó*
*Dos tórtolas*
*Y una perdiz en un peral.*

*El tercer día después de Navidad,*
*Mi amor me mandó*
*Tres gallinas francesas,*
*Dos tórtolas*
*Y una perdiz en un peral.*

*El cuarto día después de Navidad,*
*Mi amor me mandó*
*Cuatro pájaros cantores,*
*Tres gallinas francesas,*
*Dos tórtolas*
*Y una perdiz en un peral.*

*El quinto día después de Navidad,*
*Mi amor me mandó*
*Cinco anillos de oro,*
*Cuatro pájaros cantores,*
*Tres gallinas francesas,*
*Dos tórtolas*
*Y una perdiz en un peral.*

*El sexto día después de Navidad,*
*Mi amor me mandó*
*Seis gansos empollando,*
*Cinco anillos de oro,*
*Cuatro pájaros cantores,*
*Tres gallinas francesas,*
*Dos tórtolas*
*Y una perdiz en un peral.*

*El séptimo día después de Navidad,*
*Mi amor me mandó*
*Siete cisnes nadando,*
*Seis gansos empollando,*
*Cinco anillos de oro,*
*Cuatro pájaros cantores,*
*Tres gallinas francesas,*
*Dos tórtolas*
*Y una perdiz en un peral.*

*El octavo día después de Navidad,*
*Mi amor me mandó*
*Ocho criadas ordeñando,*
*Siete cisnes nadando,*

*Seis gansos empollando,*
*Cinco anillos de oro,*
*Cuatro pájaros cantores,*
*Tres gallinas francesas,*
*Dos tórtolas*
*Y una perdiz en un peral.*

*El noveno día después de Navidad,*
*Mi amor me mandó*
*Nueve señoras bailando,*
*Ocho criadas ordeñando,*
*Siete cisnes nadando,*
*Seis gansos empollando,*
*Cinco anillos de oro,*
*Cuatro pájaros cantores,*
*Tres gallinas francesas,*
*Dos tórtolas*
*Y una perdiz en un peral.*

*El décimo día después de Navidad,*
*Mi amor me mandó*
*Diez señores brincando,*
*Nueve señoras bailando,*
*Ocho criadas ordeñando,*
*Siete cisnes nadando,*
*Seis gansos empollando,*
*Cinco anillos de oro,*
*Cuatro pájaros cantores,*
*Tres gallinas francesas,*
*Dos tórtolas*
*Y una perdiz en un peral.*

*El undécimo día después de Navidad,*
*Mi amor me mandó*
*Once gaiteros tocando,*
*Diez señores brincando,*
*Nueve señoras bailando,*
*Ocho criadas ordeñando,*
*Siete cisnes nadando,*
*Seis gansos empollando,*
*Cinco anillos de oro,*
*Cuatro pájaros cantores,*
*Tres gallinas francesas,*
*Dos tórtolas*
*Y una perdiz en un peral.*

*El duodécimo día después de Navidad,*
*Mi amor me mandó*
*Doce tamborileros tamborileando,*
*Once gaiteros tocando,*
*Diez señores brincando,*
*Nueve señoras bailando,*
*Ocho criadas ordeñando,*
*Siete cisnes nadando,*
*Seis gansos empollando,*
*Cinco anillos de oro,*
*Cuatro pájaros cantores,*
*Tres gallinas francesas,*
*Dos tórtolas*
*Y una perdiz en un peral.*

# 1
# DASH

## Una pera en un árbol de perdices

*Sábado, 13 de diciembre*

Llevaba casi un año saliendo con Lily, pero, hiciera lo que hiciera, no conseguía que su hermano me tratara bien, y mucho menos, que confiara en mí o pensara que era bueno para su hermana. Así que me sorprendí bastante cuando me dijo que quería que quedáramos para almorzar los dos solos.

«¿Seguro que no te has equivocado de número?», le contesté por mensaje de texto.

«No te hagas el idiota y ven», respondió.

Lo más aterrador era que, por mucho que intentara negarlo, yo sabía por qué quería quedar conmigo y de qué quería hablar.

Su hermano se equivocaba con respecto a mí, pero era cierto que existía un problema.

Había sido un año muy duro.

No al comienzo, cuando intenté aferrarme de manera desesperada a palabras vulgares como «¡alucinante!» o «¡genial!», porque Navidad y Año Nuevo me trajeron algo distinto a la clásica depresión consumista y posconsumista. El comienzo del año me trajo a Lily, la brillante y creyente Lily. Ella sola bastó para persuadirme de darle credibilidad a la noción de un tipo gordo y benevolente vestido de rojo y montado en un trineo con motor turbo. Ella sola bastó para hacerme sentir alegre cuando Cronos me entregó las llaves de un nuevo año y me dijo: «Ten, condúcelo». Ella sola bastó para volverme un poco cínico acerca de mi propio cinismo. Comenzamos el año besándonos en el depósito de libros raros de Strand, nuestra librería preferida. Parecía ser un buen augurio de lo que estaba por venir.

Y lo fue. Durante un tiempo.

Ella conoció a mis amigos. Todo salió bien.

Yo conocí a algunos miembros de su, al parecer, infinita familia. Todo salió pasablemente bien.

Ella conoció a mis padres y a mis padrastros, a quienes les desconcertó la idea de que la nube negra que tenían por hijo pudiera presentarles semejante rayo de sol. Pero no era una queja. De hecho, experimentaron cierto asombro, el mismo que los neoyorkinos suelen reservar para la rosquilla perfecta, para un viaje en taxi de cincuenta manzanas sin ningún semáforo en rojo y para esa película de cada cinco de Woody Allen que resulta exitosa.

Yo conocí a su adorado abuelo, a quien le gustó mi apretón de manos y dijo que era lo único que necesitaba para darme su aprobación. Aun así, no me conformé solo con eso, pues se trataba de un hombre cuyos ojos brillaban al relatar un partido de béisbol jugado hace cincuenta años.

Langston, el hermano de Lily, requería más persuasión. Por lo general, no nos molestaba. En realidad, no me importaba mucho. Yo no salía con Lily para estar con su hermano: sino que salía con Lily para estar con Lily.

Y *estaba* con Lily. No íbamos al mismo instituto ni vivíamos en el mismo barrio, así que hicimos de Manhattan nuestro patio de recreo. Paseábamos alegremente por los parques congelados y nos refugiábamos en las cafeterías de la cadena Think o en cualquier sala disponible del cine IFC. Yo le enseñé mis rincones favoritos de la Biblioteca Pública de Nueva York. Ella me mostró su postre favorito de la panadería Levain… que, básicamente, eran todos.

A Manhattan no le molestaban en absoluto nuestros paseos.

Enero se transformó en febrero. El frío comenzó a filtrarse por los huesos de la ciudad y las sonrisas se volvieron más escasas. La nieve, que deslumbraba al caer, resultaba cada vez más molesta. Vagábamos por la ciudad abrigados con varias capas de ropa, incapaces de sentir algo de manera directa.

Pero a Lily… a Lily no le importaba. Para ella todo eran guantes, chocolate caliente y ángeles de nieve que se elevaban del suelo y danzaban en el aire. Decía que adoraba el invierno y me pregunté si existiría alguna estación que no adorara. Me esforcé mucho por aceptar su entusiasmo como genuino. Mi fragua mental estaba diseñada para la hecatombe y no para la calidez. No entendía cómo ella podía estar tan contenta. Pero era tanto el amor que me envolvía que decidí no cuestionarlo y vivir dentro de él.

Y después…

Dos días antes de su cumpleaños, en mayo, le había pedido ayuda a Boomer, mi mejor amigo, para tejerle a Lily un suéter rojo. Descubrí que, por muchos vídeos de YouTube que uno viera, era imposible tejer un suéter en una tarde. El teléfono sonó, pero no lo oí. Más tarde volvió a sonar, pero tenía las manos ocupadas. Al cabo de dos horas me di cuenta de que Lily me había dejado muchos mensajes.

Y solo tras escucharlos me enteré de que su adorado abuelo había sufrido un leve ataque al corazón, aunque en un muy mal momento, ya que sucedió mientras subía las escaleras hacia su apartamento. Se cayó y continuó cayendo. Permaneció tirado en el suelo al menos media hora, apenas consciente, hasta que Lily volvió a su casa y lo encontró. La ambulancia tardó una eternidad en llegar. Mientras ella observaba, él perdió la consciencia. Mientras ella observaba, el personal sanitario lo revivió. Mientras ella esperaba, incapaz de observar, él se tambaleó de un lado a otro hasta que consiguió aterrizar, a duras penas, en el lado correcto de la vida.

Sus padres vivían en el extranjero. Langston estaba en clase, donde no se le permitía mirar el teléfono. Yo me encontraba demasiado ocupado tejiendo su regalo sorpresa como para darme cuenta de las llamadas. Estaba sola en la sala de espera del Hospital Presbiteriano de Nueva York, a punto de perder algo que nunca había llegado siquiera a considerar que tuviera que perder algún día.

Su abuelo vivió, pero tardó mucho tiempo en recuperarse. Vivió, pero muchos de los pasos fueron dolorosos. Vivió porque ella lo ayudó a vivir y esa ayuda dejó sus huellas. Que él muriera hubiera sido horrible, pero verlo en un estado constante de sufrimiento y frustración resultó casi igual de malo.

Sus padres regresaron; Langston propuso faltar unos días a la universidad; yo intenté acompañarla. Pero esto era asunto de ella. El abuelo era responsabilidad suya. Lily se negaba a aceptar que no fuera así y él estaba demasiado dolorido como para discutir. No lo culpaba… de todos nosotros, Lily era a quien yo elegiría para que me ayudara a volver a caminar. Lily era a quien yo elegiría para recuperar mi vida. Aun cuando la vida, para ella, ya no pareciera tan esplendorosa como antes.

Las personas que creen son siempre quienes más sufren cuando ocurren desgracias. Ella no quería hablar del tema y yo no tenía el vocabulario necesario para conseguir que viera las cosas de otro modo. Decía que quería que yo fuera el lugar a dónde poder escapar y eso me halagaba. Yo le servía de apoyo, pero era el apoyo pasivo de una silla o de una columna y no el apoyo activo de un ser humano sosteniendo a otro de pie. Mientras su abuelo entraba y salía del hospital debido a las operaciones y a las complicaciones de estas, mientras entraba y salía de fisioterapia, Lily y yo pasábamos menos tiempo juntos: menos tiempo vagando por la ciudad, menos tiempo vagando por los rincones de nuestros mutuos pensamientos. La época de exámenes transcurrió en un abrir y cerrar de ojos… y luego llegó el verano. Lily consiguió un trabajo de voluntaria en la clínica de rehabilitación a la que iba su abuelo, solo para estar más tiempo con él y para ayudar a otras personas que necesitaban rehabilitación. Yo me sentí culpable porque pasé esa misma época yendo de acá para allá de vacaciones con mis padres y sus respectivas parejas. Mi madre me llevó a Montreal, viaje que mi padre intentó superar con una excursión mal planeada a París. Quería gritarle por llevarme a París, pero luego me di cuenta de que eso parecería propio de un niño malcriado. Más que nada, quería alejarme de él y quedarme en casa con Lily.

Las cosas mejoraron en septiembre, a principios de curso. El abuelo de Lily volvió a caminar y comenzó a ahuyentar a su nieta por su propio bien. Yo pensé que se sentiría aliviada. Actuaba como si de verdad fuera así pero una parte de ella seguía asustada. Sin embargo, en lugar de hablar con Lily, le seguí la corriente creyendo que, si fingíamos que todo iba bien, llegaría un momento en que la mentira a medias pasaría a ser más de la mitad de la verdad, y luego, al fin, se transformaría en una verdad absoluta.

Resultaba sencillo pensar que habíamos regresado a la normalidad, con la vuelta a clase y todos nuestros amigos alrededor. Pasamos muchos buenos momentos, pudimos deambular por la ciudad y olvidarnos de la ciudad al mismo tiempo. Había zonas de su interior a las que yo no llegaba, pero había muchas otras que sí podía alcanzar. La parte de ella que se reía al ver el parecido entre algunos dueños de perros con sus propios perros. La parte de ella que se emocionaba al ver programas de televisión donde conseguían recuperar restaurantes que habían estado a punto de cerrar. La parte de ella que siempre tenía una bolsa de malvaviscos veganos en su cuarto para cuando yo la visitaba, solo porque una vez le había dicho que me encantaban.

Pero cuando la Navidad se fue acercando las grietas comenzaron a aflorar.

La época navideña solía encogerme el corazón hasta quedar reducido al tamaño y a la esencia de una tarjeta de regalo. Detestaba cómo las calles se obstruían debido a la aglomeración de turistas y cómo la vibración normal de la ciudad quedaba ahogada por emociones frágiles y superficiales. La mayoría de la gente contaba los días que faltaban hasta Navidad para llegar con todas las compras hechas; yo los contaba para que las fiestas se terminaran de una vez por todas y comenzara el invierno más crudo y genuino.

No había existido lugar para Lily en mi corazón de soldadito de juguete, pero aun así ella se había abierto camino a la fuerza dentro de él. Y había traído a la Navidad consigo.

En fin, no me malinterpretéis, seguía resultándome igual de falso lo de llenarse la boca con palabras bonitas acerca de la generosidad al final de cada año, solo para que esa misma generosidad quedara en el olvido tras empezar un nuevo calendario. La razón por la cual a Lily le sentaba bien era porque ella practicaba la bondad durante todo el año. Y ahora yo era capaz de verla en otras personas: mientras esperaba a Langston en Le Pain Quotidien, veía esa perpetua generosidad en la forma en que se miraban algunas parejas y, sobre todo, en la forma en que la mayoría de los padres (aun los exasperados) contemplaban a sus hijos. Ahora veía fragmentos de Lily por todas partes. Pero, últimamente, cada vez los veía menos en Lily.

Quedaba claro que no era el único, porque nada más sentarse, Langston afirmó:

—Mira, lo último que quiero hacer es compartir el pan contigo, pero tenemos que hacer algo y tenemos que hacerlo ya.

—¿Qué ha pasado? —pregunté.

—Faltan doce días para Navidad, ¿verdad?

Asentí. Era trece de diciembre sin lugar a duda.

—Bueno, faltan doce días para Navidad y hay un agujero enorme en nuestro apartamento. ¿Sabes por qué?

—¿Termitas?

—Cállate. El motivo por el cual hay un agujero enorme en nuestro apartamento es porque *no tenemos árbol de Navidad*. Normalmente, Lily es incapaz de esperar a que se acaben las sobras de la cena de Acción de Gracias antes de salir corriendo a comprar uno. Cree que, en esta ciudad, los mejores árboles desaparecen enseguida y que cuanto más esperas, más probable es que acabes con un ejemplar que no sea digno de ocupar el lugar de árbol de Navidad. Así que coloca el árbol antes del primero de diciembre y luego dedica las dos semanas siguientes a decorarlo. El catorce, nuestra familia lleva a cabo una gran ceremonia de encendido del árbol. Lily se comporta como si se tratara de una antiquísima tradición familiar, pero lo cierto es que fue ella quien comenzó esta costumbre cuando tenía siete años y ahora *da la sensación* de ser una antiquísima tradición familiar. Pero este año…

nada. No hay árbol y los adornos siguen en las cajas, aunque se supone que el encendido del árbol debería ser mañana. La Sra. Basil E. ya ha encargado la comida… y no sé cómo decirle que no hay ningún árbol que encender.

Comprendí su miedo. En cuanto su tía abuela (a quien todos llamábamos Sra. Basil E.) abriera la puerta del apartamento, advertiría la ausencia del árbol y no ocultaría su disgusto ante el incumplimiento.

—¿Y por qué no compras un árbol y ya está? —pregunté.

Langston se golpeó la frente en señal de asombro ante mi estupidez.

—¡Porque de eso se encarga Lily! ¡A Lily le encanta comprarlo! Y si lo elegimos sin ella, es como si le señaláramos que no ha cumplido con su tarea y se sentiría todavía peor.

—Es cierto —comenté.

La camarera se acercó y pedimos unos pasteles. Creo que los dos sabíamos que no éramos capaces de mantener una conversación que durara toda una comida.

Tras pedir, proseguí:

—¿Le preguntaste algo a Lily sobre el árbol? ¿Si no pensaba comprarlo?

—Lo intenté —contestó—. Sin rodeos: «Oye, ¿por qué no compramos un árbol?». ¿Y sabes qué respondió? «No tengo ganas».

—Esa respuesta no parece de Lily en absoluto.

—¡Exacto! Así que pensé que, en momentos de desesperación, había que recurrir a soluciones desesperadas, motivo por el cual te mandé un mensaje de texto.

—Pero ¿qué puedo hacer yo?

—¿Ella te ha mencionado el tema en algún momento?

A pesar de encontrarnos en mitad de una tregua en nuestra mala relación, no quería que Langston supiera toda la verdad: Lily y yo no habíamos hablado mucho desde el día de Acción de Gracias. Íbamos a algún museo o a cenar de vez en cuando. En ocasiones nos besábamos, pero no hacíamos nada que resultara inapropiado para el horario infantil de los programas de televisión. Según parecía, seguíamos siendo novios. Pero el noviazgo resultaba más bien aparente.

No le conté nada de esto a Langston porque me daba vergüenza no haber hecho algo al respecto. Y también porque me preocupaba que se alarmara. Mis propias alarmas eran las que deberían haberse disparado.

Así que, en lugar de indagar sobre esa cuestión, respondí:

—No, no hemos hablado del árbol.

—¿Y no te ha invitado a la ceremonia de encendido?

—Es la primera vez que oigo hablar del tema —contesté meneando la cabeza.

—Lo suponía. Creo que las únicas personas que tienen pensado asistir son los familiares que asisten todos los años. Es habitual que Lily reparta invitaciones, pero me temo que tampoco tenía ganas de hacerlo.

—Está claro que debemos hacer algo.

—Sí, pero ¿qué? Siento que sería una traición ir a comprar un árbol.

Pensé en ello durante unos segundos y se me ocurrió una idea.

—Tal vez exista un resquicio para sortear la traición —comenté.

Langston inclinó la cabeza y me miró.

—Soy todo oídos.

—¿Y si *yo* le compro el árbol? Como un regalo. Como parte de mi regalo de Navidad. Ella no sabe que yo conozco esa tradición familiar. Puedo darle alguna explicación que la convenza sin contarle la verdad.

Langston no quería demostrar que la idea le gustaba, porque eso significaría que yo le caía bien, al menos durante un rato. Pero apareció un brillo en sus ojos que, por un instante, contrarrestó sus dudas.

—Podríamos decirle que es para los doce días de Navidad —agregó—. Para celebrar el primer día.

—¿Los doce días de Navidad no son *después* de Navidad?

—Tecnicismos —respondió Langston desestimando mi comentario.

Yo no estaba seguro de que resultara tan sencillo, pero valía la pena intentarlo.

—Muy bien —anuncié—. Yo traeré el árbol; tú hazte el sorprendido. Esta conversación nunca ha ocurrido. ¿De acuerdo?

—De acuerdo. —Llegaron los pasteles y los devoramos de inmediato. Unos setenta segundos después, habíamos terminado. Langston buscó su cartera, pensé que para pagar la cuenta. Pero después intentó deslizar algunos billetes en mi dirección.

—¡No quiero tu vil metal! —exclamé, tal vez demasiado fuerte para un local como ese.

—¿Perdón?

—Yo me ocupo —traduje, devolviéndole los billetes.

—Pero sabes que tiene que ser un árbol precioso. El mejor.

—No te preocupes —le aseguré y luego empleé una frase que ha sido moneda corriente en Nueva York desde tiempos inmemoriales—: Conozco a alguien.

A los neoyorkinos les resultaba casi imposible llegar hasta los árboles, así que, en diciembre, los árboles iban hasta los neoyorkinos. Las tiendas, que por lo general se encontraban llenas de arreglos florales, se veían invadidas de pronto por bosquecillos de pinos inclinados. Los solares vacíos acababan sembrados de árboles sin raíces y algunos establecimientos permanecían abiertos hasta las primeras horas de la mañana, por si acaso a las dos de la madrugada te asaltaba la necesidad de salir con un mapa a buscar el árbol de Navidad perfecto.

Algunos de estos puestos temporales de abetos se encontraban regentados por individuos que parecían haberse tomado un descanso de la venta de droga para intentar otra clase de intercambio de agujas. En otras tiendas, los dependientes eran hombres con camisas escocesas de lana y aspecto de que esta era su primera vez en la ciudad y, ¡cielos, qué grande que era la gran ciudad! A menudo, trabajaban estudiantes que necesitaban el más temporal de todos los trabajos temporales. Este año, uno de esos estudiantes era Boomer, mi mejor amigo.

Estoy convencido de que tras aceptar el empleo, mi amigo tuvo mucho que aprender. Haber visto demasiadas veces *La Navidad de Charlie Brown* lo había llevado a creer que los arbustos más deseables eran los más débiles y escuálidos, porque ocuparse de ellos resultaba más navideño que presentarse en casa con un abeto fiero y autosuficiente. También creía que los árboles de Navidad podían trasplantarse una vez que terminaran las fiestas. Ponerlo al corriente no sería agradable.

Por suerte, lo que le faltaba a mi amigo en perspicacia lo compensaba con sinceridad, así que el puesto en el que trabajaba en la calle Veintidós se había convertido en uno de los más populares gracias al boca a boca, con Boomer como el principal duende de los árboles. Creo que ese reconocimiento fue suficiente para que se alegrara de haber abandonado el internado en el último año para venirse a Manhattan. Ya me había ayudado a elegir los árboles para los apartamentos de mis padres. (A mi madre le tocó el más bonito). Estaba seguro de que le encantaría llevar a cabo la tarea de elegir el mejor árbol para Lily. Y, sin embargo, me sentí indeciso al acercarme allí. No por Boomer… sino por Sofía.

Junto con la huida de Boomer del internado, el nuevo año escolar había llegado cargado de sorpresas. Fue sorprendente que la familia de mi exnovia Sofía hubiera vuelto a Nueva York después de jurar que nunca más abandonarían Barcelona. No lo fue tanto el hecho de que, aunque me alegraba de verla, no creía que su regreso fuera a traer problemas: eso ya lo habíamos solucionado en su última visita. Pero si resultó SUPERSORPRENDENTE que comenzara a quedar con Boomer… y que quedara con él un poco más… y que quedara todavía más, de modo que, antes de que pudiera llegar a hacerme a la idea de la posibilidad, ellos ya eran *una pareja*. Eso fue, en mi mente, como comprar el queso más caro y de mayor calidad del mundo y luego derretirlo por encima de una hamburguesa. Yo los quería a los dos de distinta forma y verlos juntos hizo que me doliera la cabeza.

Lo último que deseaba era llegar al puesto de Boomer y descubrir que Sofía había decidido pasar al mismo tiempo para que ellos pudieran irradiar sus ondas románticas por toda la zona metropolitana. Estaban en el período de luna de miel y eso producía incomodidad en aquellos que habíamos dejado atrás la luna de miel y nos habíamos adentrado en una parte de la relación en que la luna pasaba de cuarto creciente a cuarto menguante.

Así que sentí cierto alivio al encontrar a mi amigo no con Sofía, sino con una familia de siete, ocho o nueve hijos… era difícil saberlo ya que los niños corrían por todos lados y a toda velocidad.

—*Este* árbol estaba destinado para ustedes —les decía a los padres como si fuera un increíble encantador de árboles y el mismo árbol le hubiera comunicado que el comedor de esa familia era el lugar donde siempre había querido estar.

—Es tan grande —comentó la madre, imaginando, con toda probabilidad, la lluvia de agujas de pino desparramadas por el suelo.

—Sí, se trata de un árbol de gran corazón —repuso Boomer—, pero por eso mismo ustedes sienten una gran conexión con él.

—Es raro —intervino el padre—, porque realmente siento esa conexión.

La compra se llevó a cabo. Mientras pasaba la tarjeta de crédito, Boomer me vio y agitó la mano para que me acercara. Esperé a que la familia se marchara, más que nada porque temía pisar a alguno de los niños.

—Hombre, los tenía en el bote —observé una vez que llegué hasta él.

—¿En qué bote? —preguntó Boomer confundido—. Solo vendemos árboles.

—No, me refiero a que al final se lo han llevado.

—Ah, ya. Se lo han llevado a pesar de parecer un poco embotados. No lo digo en el mal sentido.

Para Boomer, ese proceso mental no resultaba enrevesado en lo más mínimo. Y ese era parte del motivo por el cual me preguntaba cómo una persona tan directa como Sofía podía pasar tanto tiempo con él.

—Necesito un árbol para Lily. Un árbol realmente especial.

—¿Le vas a comprar un árbol a Lily?

—Sí, como regalo.

—¡Genial! ¿Dónde piensas comprarlo?

—¿Aquí?

—¡Ah, sí! ¡Buena idea!

Comenzó a echar un vistazo a su alrededor y, mientras lo hacía, balbuceaba algo que sonaba sospechosamente parecido a Oscar, Oscar, Oscar.

—¿Oscar es uno de tus compañeros de trabajo? —pregunté.

—¿Los árboles cuentan como compañeros de trabajo? Están conmigo todo el día… y tenemos conversaciones de lo más interesantes…

—¿Oscar es uno de los árboles?

—Es el árbol perfecto.

—¿Todos los árboles tienen nombre?

—Solo aquellos que lo comparten conmigo. No puedo *preguntárselo*. Sería invasivo.

Apartó por lo menos diez árboles para llegar hasta Oscar. Y al hacerlo, él, Oscar, *el árbol*, me pareció idéntico a los demás.

—¿Es este? —pregunté.

—Espera un momento…

Boomer arrastró el árbol hacia la acera, lejos de sus compañeros. Oscar medía casi un metro más que él, pero mi amigo lo trasladó como si no pesara más que una varita mágica. Con una extraña delicadeza, lo colocó sobre una plataforma y, tras acomodarlo, algo ocurrió: Oscar abrió los brazos y me llamó desde debajo de la luz de la farola.

Boomer tenía razón. Era el árbol perfecto.

—Me lo llevo —afirmé.

—Genial —exclamó Boomer—. ¿Quieres que lo envuelva? ¿Ya que es un regalo?

Le aseguré que un lazo sería suficiente.

Parar un taxi siendo adolescente ya era lo bastante difícil. Pero pararlo mientras cargaba con un árbol de Navidad resultaba casi imposible. Así que hice algunos recados hasta que Boomer terminó de trabajar y juntos llevamos a Oscar en un carrito hasta el apartamento de Lily en el East Village.

No había estado allí muy a menudo en el último año. Lily decía que era para no molestar a su abuelo, pero creo que ella pensaba que yo añadiría un elemento más al caos. Sus padres pasaban mucho más tiempo en casa de lo que habían pasado en los últimos años… lo cual debería haberla ayudado mucho, pero, en cambio, parecía haberle dado dos personas más a quienes cuidar.

Fue Langston quien abrió la puerta, y, como cuando nos vio a Boomer y a mí con el árbol exclamó «¡Vaya! ¡Vaya! ¡VAYA!» en voz alta, pensé que Lily debía de encontrarse cerca. Pero después me aclaró que había acompañado a su abuelo a hacerse un chequeo. Sus padres habían salido porque era sábado y ¿cómo no iban a salir siendo personas tan sociables? Así que estábamos solo nosotros tres… y Oscar.

Mientras colocábamos el árbol en la sala, intenté no fijarme en el aspecto tan decaído que tenía el apartamento, como si hubiera pasado el último mes acumulando polvo y palidez. Yo sabía cómo funcionaba esa familia, y también que eso significaba que el abuelo había estado fuera de juego y que Lily había estado distraída. Ellos siempre habían sido los verdaderos guardianes del lugar.

Una vez que Oscar se alzó de forma orgullosa, busqué en mi mochila el plato fuerte de la tarde, con la esperanza de que Langston no me lo lanzara por la cabeza.

—¿Qué haces? —preguntó el hermano de Lily.

—¿Acaso son pavos diminutos? —intervino Boomer—. ¿Tiene algo que ver con el día de Acción de Gracias?

—Son perdices —expliqué mientras sostenía un trozo de madera tallado con la forma del pájaro y un gran orificio en el centro—. Servilleteros con forma de perdiz, para ser más preciso. No había ningún adorno con perdices en esa tienda cuyo nombre no me atrevo a pronunciar. —La tienda se llamaba Recuerdos Navideños, lo cual bastaba para que me entraran ganas de beber Coca-Cola con Pica Pica. Tenía que pensar que se llamaba Resuellos Navideños para poder entrar—. Si vamos a hacer lo de los doce días de Navidad tenemos que hacerlo en serio. Lily puede decorar el resto del árbol, pero este será un árbol de perdices. Y, en lo alto, pondremos… ¡una pera!

Saqué la mencionada fruta de la mochila esperando expresiones de admiración, pero la reacción no fue buena.

—No puedes poner una pera en lo alto del árbol —exclamó Langston—. Parecerá una estupidez y se pudrirá en uno o dos días.

—¡Pero es una pera en un árbol de perdices! —argumenté.

—Me he percatado —señaló el hermano de Lily. Mientras tanto, Boomer se reía a carcajadas: no lo había entendido.

—¿Tienes una idea mejor? —lo desafié.

—Sí —respondió Langston después de pensarlo un momento. Se dirigió a una pequeña foto que colgaba de la pared y la sujetó—. Esto.

Me mostró la foto. Aun cuando debía de tener más de medio siglo de antigüedad, reconocí de inmediato a su abuelo en mitad de un huerto de árboles frutales.

—¿Es tu abuela la mujer embarazada que está junto a él?

—Sí. El amor de su vida y la dulce *es-pera*.

Una *es-pera* en un árbol de perdices. Perfecto.

Nos llevó varios intentos colocar la foto en su lugar: Langston y yo probamos varias ramas, mientras Boomer le decía a Oscar que no se moviera. Pero finalmente la dulce *es-pera* quedó encaramada cerca de la punta del árbol, con las aves asomándose desde más abajo.

Cinco minutos después, se abrió la puerta de calle y entraron Lily y su abuelo. A pesar de haberlo conocido unos pocos meses antes de la caída, me sorprendió ver lo pequeño que se había vuelto. Como si en vez de haber ido a hospitales y centros de rehabilitación, lo hubieran dejado en agua demasiado tiempo y se hubiera ido encogiendo poco a poco.

De todas maneras, hubo un apretón de manos. En cuanto me vio, extendió la mano y me preguntó:

—¿Cómo va todo, Dash? —Y cuando me la estrechó, lo hizo con fuerza.

Lily no me preguntó qué hacía allí, pero la pregunta flotaba sin ninguna duda en sus ojos cansados.

—¿Cómo ha ido la visita al médico? —preguntó Langston.

—¡Es mucho mejor compañía que el sepulturero! —respondió su abuelo. No era la primera vez que lo había oído hacer esa broma, lo cual significaba que Lily, seguramente, la habría oído ya por millonésima vez.

—¿El sepulturero tiene mal aliento? —preguntó Boomer mientras irrumpía en el vestíbulo.

—¡Boomer! —exclamó Lily, que ahora ya estaba completamente confundida—. ¿Qué haces aquí?

—Menuda sorpresa —intervino Langston—, tu Romeo aquí presente nos ha traído un regalo de Navidad bastante adelantado.

—Ven —dije sujetándola de la mano—. Cierra los ojos y te enseñaré algo.

La mano de Lily no era como la de su abuelo. Antes, nuestras manos solían emitir electricidad. Ahora, era algo más parecido a la estática. Agradable, pero tenue.

De todas maneras, Lily cerró los ojos. Y cuando entramos a la sala y le dije que los abriera, lo hizo.

—Te presento a Oscar —anuncié—. Es tu regalo del primer día de Navidad.

—¡Es una dulce *es-pera* en un árbol de perdices! —gritó Boomer.

Lily contempló lo que tenía delante y pareció sorprendida. O tal vez la tranquilidad de su reacción tenía que ver con el cansancio. Luego algo hizo efecto y sonrió.

—No tenías que haberte… —comenzó a decir.

—¡Quería hacerlo! —comenté con rapidez—. ¡De verdad que sí!

—Pero ¿dónde está la pera? —preguntó el abuelo. Después vio la foto y sus ojos se llenaron de lágrimas—. Ah, ya veo. Ahí estamos.

Lily también la vio y si sus ojos se llenaron de lágrimas, fue hacia dentro. Lo cierto es que no sabía qué se le estaba pasando por la cabeza. Le eché una mirada a Langston, que la estaba examinando con tanta intensidad como yo, sin obtener aún ninguna respuesta.

—Feliz primer día de Navidad —exclamé.

—El primer día de Navidad es Navidad —murmuró Lily meneando la cabeza.

—Este año no —señalé—. Y no para nosotros.

Langston dijo que era hora de sacar los adornos. Boomer se ofreció a hacerlo al mismo tiempo que el abuelo realizaba un movimiento para traer algunas cajas. Esto hizo que Lily saliera de su ensimismamiento y lo llevara lentamente hacia el sofá de la sala diciendo que, ese año, él supervisaría la tarea desde allí. Me di cuenta de que al abuelo no le agradó la idea, pero también sabía que Lily acabaría dolida si se resistía. Así que se sentó, por ella.

En cuanto trajeron las cajas, supe que había llegado la hora de marcharme. Se trataba de una tradición familiar y, si me quedaba y fingía formar parte de la familia, sentiría todo el peso de la farsa, del mismo modo en que sentía el peso de Lily fingiendo felicidad, fingiendo querer hacer lo que estábamos alentándola a hacer. Lo haría por Langston y su abuelo, y por sus padres cuando regresaran. Si me quedaba, hasta lo haría por mí. Pero yo quería que quisiera hacerlo por ella misma. Quería que sintiera todo ese asombro navideño que había sentido el año anterior en esta misma época. Pero para eso se necesitaría más que un árbol perfecto. Probablemente se necesitaría un milagro.

Doce días.

Teníamos doce días.

Me había pasado la vida evitando la Navidad. Pero no este año. No, este año lo que más deseaba para Navidad era que Lily volviera a ser feliz.

# 2
# LILY



*Sábado, 13 de diciembre*

El calentamiento global me enfurece por todas las razones obvias, pero sobre todo por estropear la Navidad. En esta época del año se supone que deben castañetear los dientes, el clima debe ser frío y requerir abrigos, bufandas y guantes. En la calle, uno debería ver su propio vaho en el aire, y ofreciendo la promesa de aceras cubiertas de nieve; mientras dentro de casa, las familias se reúnen y beben chocolate caliente junto al fuego chisporroteante con sus mascotas, para calentarse. No existe mejor estampida de salida de la Navidad que un buen escalofrío que te ponga la piel de gallina. Es con lo que cuento para señalar el inicio del júbilo, de las canciones alegres, del excesivo horneado de galletas, de las reuniones con mis familiares y amigos y los importantes regalos navideños. Los días previos a la Navidad no deberían ser como el de hoy: con una agradable temperatura de veintiún grados mientras la gente hace sus compras navideñas en pantalones cortos y bebe café helado con menta *(puaj)*. Y los jugadores de Frisbee en Tompkins Square Park tampoco deberían pasearse en camisetas sin mangas, causándoles conmociones cerebrales a las paseadoras de perros con su despreocupada mala puntería primaveral. Este año, el frío no se había molestado en traer la Navidad, así que, hasta que lo hiciera, yo no me molestaría en mostrarme demasiado entusiasmada ante la mejor época del año.

No hacía demasiado frío fuera, así que, en su lugar, adopté una actitud glacial y lo pagué con Dash, que no se lo merecía.

—Si tienes que irte, entonces vete —solté de forma abrupta. *Abrupta.* Era una palabra tan característica de Dash (escarpado, áspero) que hasta me resultó raro conocerla. Junto con el otro millón de obligaciones que me abrumaban en ese momento, estaba el tiempo de estudio para el examen de admisión a la universidad, lo cual me producía ganas de proferir fuertes *vituperios*. (¿Cómo iba alguien a estar más preparado para el examen de acceso por conocer semejante palabra? Exacto, era absurdo. Un desperdicio absoluto de palabra, un desperdicio absoluto de tiempo, y tenía la certeza absoluta de que truncaría las esperanzas de mis padres de ser admitida en alguna universidad mediante la incorporación de la palabra *vituperio* a mi vocabulario).

—No quieres que me quede, ¿verdad? —preguntó Dash como suplicándome que no le exigiera pasar tiempo adicional con mi maltrecho abuelo y mi hermano, quien, en el mejor de los casos, toleraba a mi novio, y, en el peor, era sumamente maleducado con él. Yo me sentiría mal ante la hostilidad existente entre Langston y Dash si no pareciera ser un divertido deporte entre ellos. Si Lily fuera el tema del programa de televisión *Jeopardy*, la respuesta a la pregunta: «¿Cómo son los hombres?» sería «Lily no los entiende *en absoluto*».

—Quiero que hagas lo que tú quieras —respondí, pero lo que pensaba en realidad era: *No te vayas, Dash. Por favor. Este árbol de*

*Navidad es un regalo precioso y justo lo que no sabía que necesitaba…
para disfrutar de la Navidad y de ti. Y a pesar de que tengo una tonelada
de cosas que hacer en este mismo momento, no hay nada que desee más
que decorar el árbol contigo. O que tú te sientes en el sofá y me observes
adornarlo mientras haces comentarios sarcásticos acerca de cómo la Cris-
tiandad ha usurpado las tradiciones paganas. Solo quiero tenerte cerca.*

—¿Te gusta el árbol? —preguntó Dash, pero ya se estaba aboto-
nando el abrigo marinero, que era demasiado grueso para un día tan
cálido, y echando una ojeada a su teléfono como si tuviera mensajes
que lo incitaran a estar en mejores lugares que en casa conmigo.

—¿Por qué no habría de gustarme? —comenté no queriendo ma-
nifestar todavía más mi profuso agradecimiento. Apenas había comenzado a examinar los adornos cuando Dash anunció su intención
de marcharse y lo hizo exactamente en el momento en que abrí la caja
de la librería Strand que él me había regalado el diecinueve de enero
pasado para celebrar el cumpleaños de la escritora Patricia Highs-
mith. En su interior, había un adorno rojo y dorado con un dibujo en
negro de Matt Damon caracterizado como su personaje en *El talento
de Mr. Ripley*. ¿Quién sino Dash podría encontrar placer en regalarle
a su novia un adorno de Navidad con el rostro de un famoso asesino
en serie? El obsequio hizo que adorara a Dash aún más. (La parte del
héroe literario, no la parte del asesino en serie). En febrero, yo había
colocado la caja de regalo en el lugar donde guardaba los adornos de
Navidad con un suspiro de esperanza… deseando que Dash y yo si-
guiéramos juntos cuando llegara el momento de colgar el adorno en
el árbol. Y estábamos juntos. Pero nuestra relación era *efímera* (por fin
una palabra para mi examen de admisión a la universidad que se aplica-
ba a mi vida). Ya no parecía real. Sino más bien una obligación que, de
alguna manera, había conseguido sobrevivir hasta ahora para que pudiéramos al menos seguir hasta el final de la Navidad, porque ahí había
comenzado todo. Después podríamos dejar de fingir que lo que en un

principio había parecido que funcionaba tan bien y era tan genuino, ahora seguía siendo genuino, pero sin duda no funcionaba tan bien.

—Sé buena con Oscar —dijo Boomer y le hizo un saludo militar al árbol.

—¿Quién es Oscar? —pregunté.

—¡El árbol! —respondió como si fuera algo obvio y yo hubiera ofendido a Oscar al desconocer su nombre—. Vamos, Dash, no quiero que nos perdamos los tráileres.

—¿A dónde vais, chicos? ¿Está muy lejos? —inquirió mi abuelo con un dejo de desesperación en la voz. Desde el ataque y la caída, había estado prácticamente recluido. Ya no aguantaba caminar más de una o dos manzanas, así que solía interrogar a las visitas acerca de sus actividades en el exterior. Mi abuelo no era una persona acostumbrada a que le cortaran las alas.

Lo que mi abuelo debería haberles preguntado a Boomer y a Dash era: «¿Cómo sois tan maleducados de traer un árbol tan precioso a casa y luego marcharos antes de que el árbol (digo, Oscar) esté decorado del todo? ¿Qué clase de sinvergüenzas sois los jóvenes de hoy en día?».

—Vamos a ver una película que comienza en veinte minutos —señaló Dash. Su rostro no parecía ni remotamente culpable, a pesar de no haberme invitado.

—¿Qué película? —pregunté. Si Dash iba a ver la película que yo me moría por ver y no me llevaba, esa sería la última señal de que ya no existía una conexión entre nosotros y tal vez debíamos cortar de manera oficial. Había contado los días que faltaban para las vacaciones de Navidad para ir a ver *Corgi & Bess*, y seguramente la vería por lo menos cinco veces en el cine si conseguía encontrar el tiempo necesario. ¡Helen Mirren como una centenaria Reina Isabel con un, en teoría, fantástico corgi animado que está siempre junto a su andador hasta que unos desafortunados fuegos artificiales provocan su huida y la anciana y débil Bess y su andador deben buscar al corgi en los terrenos del fascinante castillo de Balmoral, mientras tanto la reina como el perrito viven innumerables aventuras? ¡Sí, por favor! ¡Contad conmigo, quiero verla varias veces, en un IMAX *y* en 3D! Ya había visto el tráiler suficientes veces como para saber que era mi película preferida del año, pero me había hecho ilusiones de que Dash me invitara la noche del estreno como regalo de Navidad. No era solo la película… sino también el tiempo pasado con él.

—¡Iremos a ver *Los traviesos y los ratones*! —le contó Boomer a mi abuelo en esa manera que tenía él de transmitir la información más básica con signos de exclamación.

—No creía que quisieras venir —me explicó Dash—, por eso no te pregunté si te compraba una entrada. —Dash tenía razón. No quería ver la película porque ya la había visto. *Los traviesos y los ratones* me pareció poco original, pero a Edgar Thibaud le encantó la película de Pixar sobre aquellos ratones fanáticos de la velocidad que hacen carreras con cochecitos Matchbox en el ático de la casa donde viven, mientras la familia duerme.

No le conté a Dash que ya la había visto porque había ido al cine con Edgar Thibaud. No era ningún secreto que a veces me topaba con Edgar —Dash sabía que era voluntario (por disposición de un juez) en el centro de rehabilitación de mi abuelo—, pero yo había pasado por alto mencionar que, en ocasiones, él y yo nos veíamos fuera del centro. Casi siempre, solo para tomar un café, pero esa era la primera vez que habíamos ido más allá de un café. No sé por qué fui. Tampoco es que Edgar me cayera demasiado bien. Bueno, me caía bastante bien teniendo en cuenta que era un sinvergüenza y el responsable de la muerte de mi hámster en la guardería. Pero no confiaba en él. Tal vez era mi proyecto secreto de rehabilitación mientras que mi abuelo constituía mi principal y auténtica preocupación. Yo quería ayudar a Edgar a convertirse en un buen chico, a pesar de lo difícil de la tarea, y si ver una película con una chica sabiendo claramente que ella no tenía más que un interés platónico en él lo ayudaba a evolucionar, estaba dispuesta a hacer el esfuerzo. Me dije a mí misma que había estado tan ocupada los últimos meses que necesitaba el alivio de un momento de ocio a oscuras en un cine, aun cuando fuera una película que no me interesaba, con una persona que apenas me despertaba interés. Si hubiera visto la película con Dash, habría estado preocupada todo el tiempo preguntándome *¿Va a besarme? Y si no me besa, ¿por qué no lo hace?* Con Edgar, lo único que me preguntaba era *¿Me pedirá que le pague las palomitas?*

—Divertíos —dije y me las arreglé para sonar alegre e intentar reflejar una actitud positiva. No podía ser fría con Dash durante mucho tiempo. Pero que él se marchara me dolía, pues era como si me hubiera dado el regalo más fabuloso y luego me lo hubiera arrebatado.

—¡Claro que sí! —prometió Boomer tan impaciente por marcharse que corrió de espaldas hacia la puerta y chocó contra una mesita con tanta fuerza que la lámpara que estaba encima cayó estrepitosamente al suelo. El golpe no fue fuerte, solo se rompió la bombilla, pero hizo el ruido suficiente como para despertar a la fiera que estaba durmiendo la siesta en mi habitación. Boris, mi perro, entró como una bala en la sala e inmovilizó de inmediato a Boomer contra el suelo.

—¡Aquí! —le ordené a Boris. A pesar de su tamaño, los bullmastiff se adaptan sorprendentemente bien a vivir en apartamentos porque no son muy activos. Pero sí son perros guardianes a pesar de tener un carácter compasivo: inmovilizan a los intrusos contra el suelo en vez de intentar hacerles daño. Es probable que Boomer no lo supiera. Yo también me habría asustado tanto como él si tuviera un perro de sesenta kilos sujetándome contra el suelo—. ¡Aquí! —repetí.

Boris se apartó de Boomer, vino hasta mí y se echó a mis pies, satisfecho al ver que yo estaba a salvo. Pero la conmoción también había despertado al miembro peludo más pequeño de la familia y, con su holgazanería habitual, llegó tarde a la sala de estar para evaluar la situación y proteger la estancia. Ahora que el abuelo ya no puede quedarse solo, vive con nosotros, y Grunt, su gato, vino con él. Fiel a su nombre, le gruñó a Boris que, a dos patas, tiene la altura de una mujer adulta, aunque le aterra el gato de cinco kilos y medio del abuelo. El pobre Boris pasó de estar echado a levantarse y apoyar las patas delanteras sobre mis hombros, mientras gemía y me miraba con su adorable cara arrugada como diciéndome «¡Protégeme, mami!». Le di un beso en el hocico húmedo y exclamé:

—Abajo, Boris. No pasa nada.

Nuestra casa resulta muy pequeña para tanta gente y tantos animales. Es un maldito zoológico, pero yo lo prefiero así. Lo que quiero decir es que tal vez preferiría que el abuelo, que siempre fue un hombre fuerte y aventurero, no pasara tanto tiempo recluido en nuestro apartamento del tercer piso al no poder usar las escaleras más de una vez al día, y a veces ninguna. Pero si la gran cantidad de familiares y cuidadores que entran y salen lo ayudan a apartar su peor temor (mudarse a un hogar de ancianos), me parece perfecto vivir en mitad de un zoológico. La otra opción es desoladora. Mi abuelo proclama a menudo que solo conseguirán sacarlo de su casa en posición horizontal y dentro de una caja.

Langston vino de la cocina y preguntó:

—¿Qué ha pasado? —Y esa fue la señal para que Dash se marchara al fin.

—Gracias por el té y las galletas —le dijo Dash.

—De nada —replicó Langston—. ¿Ya te vas? ¡Magnífico! —Mi hermano se dirigió al vestíbulo para abrir la puerta. Desconcertado, Boomer se levantó para marcharse mientras Dash vacilaba unos segundos. Pareció que me iba a dar un beso de despedida, pero luego lo pensó mejor y, en cambio, le dio una palmada a Boris en la cabeza. El traidor de Boris le lamió la mano.

Yo estaba dolida, pero eso no significaba que no me derritiera cuando este guapísimo chico con abrigo marinero trataba a mi perro con ternura.

—Encenderemos el árbol mañana por la noche —le expliqué a Dash—. ¿Vendrás? —¡Mañana era catorce de diciembre! ¡El día del encendido del árbol! ¿Cómo había podido ignorar por completo esa fecha tan importante hasta que Dash dejó caer como quien no quiere la cosa un árbol en mi sala de estar? ¿Sería tal vez porque este año la ceremonia parecía más una tarea rutinaria que un motivo de alegría?

—No me lo perdería por nada del mundo —respondió Dash.

A Grunt no le importó en absoluto que Dash hubiera aceptado mi invitación y continuó persiguiendo a Boris, que salió disparado… hacia una montaña de libros que se encontraban apoyados contra la pared de la sala.

—¡Grunt, vuelve aquí! —gritó mi abuelo.

Boris comenzó a ladrar y Langston regañó a Dash:

—¡Vete de una vez!

Boomer y Dash se marcharon.

Yo sabía que Dash se sentía aliviado de poder marcharse.

Mi casa es un caos. Es ruidosa y bulliciosa. Está llena de pelos de mascotas y hay mucha gente dando vueltas.

A Dash le gustaba la tranquilidad, el orden, y prefería la compañía de sus libros a su propia familia. Es alérgico a los gatos. A veces me pregunto si también es alérgico a mí.

*Domingo, 14 de diciembre*

Hace un año, mi vida era muy distinta. Mi abuelo se encontraba tan bien que iba una y otra vez a Florida, donde tenía una novia en su apartamento para personas de la tercera edad. Yo no tenía mascotas ni novio y no sabía qué era la tristeza.

La novia de mi abuelo murió de cáncer en primavera y, al poco tiempo, su corazón no lo resistió más. Yo sabía que la caída de mi abuelo era seria, pero en el pánico del momento no asimilé todo lo ocurrido porque estaba demasiado preocupada por la interminable espera de la ambulancia, el viaje hasta el hospital y llamar a toda la familia para contarle lo que había sucedido. No fue hasta el día siguiente, con el abuelo ya estabilizado, cuando comprendí la gravedad de la situación. Había ido a la cafetería del hospital a buscar algo para almorzar y, al volver, vi a través de la ventana de su habitación que había llegado la Sra. Basil E., la hermana de mi abuelo y mi tía preferida. Es una mujer alta con una presencia, por lo general, exuberante, que lleva trajes de corte impecable, joyas caras y el maquillaje siempre perfecto. Pero en ese momento, antes de que me viera, estaba sentada junto a mi abuelo, que dormía, sujetándole la mano mientras el rímel se le deslizaba sobre el pintalabios debido a las gruesas lágrimas que derramaba.

Jamás había visto llorar a la Sra. Basil E. Parecía tan pequeña. Noté cómo se me retorcía el estómago del dolor y se me oprimía el corazón. Yo soy de las personas que siempre ven el vaso medio lleno (siempre trato de ver el lado bueno de las cosas), pero no pude ignorar la virulenta oleada de tristeza que invadió mi cuerpo y mi alma al ver su dolor y su preocupación. De pronto, la mortalidad de mi abuelo se volvió demasiado real y la idea de una vida sin él me pareció algo terriblemente posible.

La Sra. Basil E. se apoyó la mano de mi abuelo sobre el rostro y lloró con fuerza y, por un segundo, temí que mi abuelo hubiera muerto. Luego la mano de él cobró vida y le dio una ligera palmada, y ella rio. Supe entonces que todo iría bien, de momento… pero nada volvería a ser igual.

Esa fue mi primera incursión en la tristeza, la etapa uno.

La etapa dos llegó al día siguiente y resultó muchísimo peor.

¿Cómo puede ser que un simple acto de generosidad lo cambie todo?

Cuando Dash vino a visitarme al hospital, yo había comprado comida en la cafetería aunque no la había tocado. Me encontraba demasiado distraída por la situación y no me apetecía comer bocadillos rancios de queso ni bocaditos de col, que era lo que ofrecía el hospital en lugar de patatas fritas en un malvado intento de mostrarse preocupados por la salud. Dash debió de haber oído la fatiga (y el hambre) en mi voz por teléfono porque llegó con una pizza de John's, mi restaurante preferido. (El local de John's en el Village, no el de Midtown, *¡por favor!*). Sus pizzas son mi comida preferida cuando necesito consuelo y, a pesar de que la masa se había enfriado por la caminata desde el restaurante hasta el hospital, mi corazón no podía sentir más calidez al verla… y al ver a Dash trayéndomela.

—Te quiero tanto —proferí de manera impulsiva. Lo abracé, hundí la cabeza en su cuello y lo cubrí de besos.

—De haber sabido que una pizza iba a causar esta reacción, la habría traído mucho antes —comentó riendo.

No dijo «Yo también te quiero».

No me había dado cuenta de que lo sentía hasta que lo dije. Y no me había referido solamente al hecho de que me trajera la pizza.

Cuando le dije a Dash «Te quiero tanto», quise decir: «Te quiero por ser bondadoso y por ser hosco. Te quiero por dejar una propina demasiado generosa a los camareros cuando utilizas la tarjeta de crédito de tu padre para iniciar una "cadena de favores". Adoro el aspecto que tienes cuando lees un libro: contento y soñador, ausente, en otro mundo. Me encanta que sugirieras que nunca debía leer un libro de Nicholas Sparks y también lo confundido, ofendido y cabreado que estabas cuando leí uno por curiosidad, y luego algunos más. No porque los hubiera leído, sino porque me encantaron. Adoro debatir contigo acerca del esnobismo literario y que al menos puedas reconocer que, a pesar de que *a ti* no te gusten las novelas románticas llenas de "basura indulgente y poco sincera", a muchas otras personas (incluyendo a tu novia) les gustan. Te quiero por querer a mi tía abuela casi tanto como yo. Me encanta el hecho de que mi vida ha sido mucho más brillante, dulce e interesante desde que tú formas parte de ella. Te quiero por responder, hace mucho tiempo, a la llamada de un cuaderno rojo».

Mi abuelo se recuperó, pero sentí que una parte de mí murió ese día, porque la alegría de descubrir que quería a alguien de verdad se desvaneció rápidamente al darme cuenta de que quería en soledad.

Dash todavía no ha dicho que me quiere.

Yo nunca volví a decírselo.

No estoy resentida con él… en serio, no lo estoy. Es encantador, atento conmigo y sé que le gusto. Mucho. A veces desearía que no se mostrara tan sorprendido por eso.

Yo dije «Te quiero tanto» y en ese instante sentí que lo quería con toda mi alma, pero como ese momento pasó y no fue recíproco, he tratado de mantener cierta distancia con respecto a Dash. No puedo hacer que sienta algo que no siente y no quiero sufrir al intentarlo, así que decidí que mi amor por él latiría con suavidad en el fondo de mi corazón, para permitirme actuar de manera más natural y poco exigente frente a él.

Me ha ayudado el hecho de estar muy ocupada. He pasado tan poco tiempo con Dash últimamente que casi ha dejado de dolerme. No me he dedicado a desenamorarme de él de forma activa; ha sucedido naturalmente. Cuando no estoy en el instituto, tengo deberes o clases de apoyo para los exámenes de admisión a la universidad, entrenamiento y partidos de fútbol, además de tener que llevar a mi abuelo a rehabilitación, al médico y a visitar a sus amigos. También me encargo de hacer las compras y cocinar, ya que mis padres están demasiado ocupados últimamente con sus nuevos trabajos académicos.

Ya no trabajan en otro país, aunque lo parece; el trabajo más cercano que mi madre pudo conseguir con tan poco tiempo de antelación fue de profesora de Lengua a media jornada en un Centro de Estudios Superiores en Way Outsville, Long Island, y mi padre viaja todos los días a un internado en Solo Dios Sabe Dónde, Connecticut, donde es el director. Langston comparte las responsabilidades del abuelo, pero en lo que se refiere a las tareas domésticas, ayuda de esa manera a medias tan típica de los hombres. (Obviamente, eso me fastidia cuando me veo obligada a maldecir). También sigo trabajando como paseadora de perros. Estoy tan solicitada que ahora la Sra. Basil E. en vez de Lilita me llama Jefaza. Con todo esto sucediendo al mismo tiempo, intentar encontrar un momento para estar con Dash puede parecer más una obligación que un placer.

Estoy abrumada.

He dejado a la infantil Lilita en el pasado. Creo que durante el último año la niña de dieciséis años que era se ha transformado en una vieja de diecisiete.

He estado tan ocupada que estropeé por completo el apresurado regalo que pretendía darle a Dash durante mi pequeña fiesta de encendido del árbol. Había estado trabajando en él desde principios de año, pero lo dejé a un lado cuando comenzaron los problemas de mi abuelo. Suspiré mientras observaba su resurrección tantos meses más tarde. Mi hermano se rio.

—No está *tan* mal, no crees, ¿Langston? —pregunté.

—Es… —Titubeó demasiado tiempo—. Tierno. —Mi hermano se deslizó el suéter verde esmeralda por la cabeza y luego tiró de él para mostrar lo ancho que era—. Pero Dash debe de tener más o menos la misma talla que yo y este suéter es demasiado grande. ¿Supongo que retomarás tu campaña anual de horneado de galletas para que engorde?

Le habíamos comprado ese suéter a mi padre como regalo de Navidad hacía varios años, en la tienda de tallas grandes. Nunca se lo puso y continuaba en su caja. Es verdad que yo estaba reciclándolo, pero la tela roja con un dibujo de un copo de nieve que le había cosido en el frente era una obra de arte original. Sobre él, había bordado dos tórtolas posadas en una rama. En la barriga de la paloma de la izquierda había cosido DASH, mientras que en la de la derecha ponía LILY.

En cuanto le vi el suéter puesto a mi hermano, me quedó muy claro que debía quitar las tórtolas y coserlas sobre otra cosa, como un sombrero o una bufanda. No se merecían un suéter, a pesar de tener el nombre adorable pero falso de *tórtolas*. Había acabado muy desilusionada al descubrir que las tórtolas eran básicamente palomas que emiten una especie de suave ronroneo. Quiero creer que son tiernas porque adoro a todos los animales, pero vivo en Nueva York y sé que las palomas no son tiernas, sino una molestia.

El hecho de estar desquitándome con unos pájaros ruidosos que simbolizan esta época del año significaba que había perdido el espíritu navideño.

—Tienes razón —le dije a Langston—. Ha quedado horrible. No puedo regalárselo a Dash.

—*Por favor*, regálaselo —rogó mi hermano.

Sonó el timbre.

—Quítate el suéter, Langston. Han llegado los invitados.

Me miré en el espejo del vestíbulo y me alisé el pelo con la esperanza de lucir presentable. Llevaba mi atuendo navideño preferido: una falda de franela verde con renos cosidos en la parte de delante y una camiseta roja con la frase NO DEJÉIS DE CREER alrededor de una imagen de Santa Claus. La comida había llegado, las luces colgaban alrededor de las gruesas ramas de Oscar y los animales estaban encerrados en mi habitación como cortesía a nuestros invitados. Ya podía comenzar la Navidad y desplegar toda su magia.

Me pregunté si sería el padre de Dash el que había tocado el timbre. Creía que si Dash y su padre pasaban más tiempo juntos, se llevarían mejor, y una pequeña y sencilla fiesta para dar comienzo a la Navidad podría ser la ocasión perfecta para ayudarlos. La noche anterior, había invitado primero a su madre, pero ella se disculpó diciendo que, a esa hora, tenía una reunión. Así que esta mañana se me ocurrió la idea de invitar al padre de Dash en su lugar.

Así que fue toda una sorpresa abrir la puerta y encontrarme a Dash de pie entre su madre y su padre.

—¿Adivina con quiénes me he encontrado? —preguntó.

No creo que sus padres hayan estado en la misma habitación desde que Dash era pequeño y tuvo que declarar en el juicio de divorcio de sus padres.

Dash no tenía cara de fiesta. Y sus padres tampoco.

Por fin, el frío navideño había llegado.

# 3
# DASH

## Picoteado por las gallinas

*Domingo, 14 de diciembre*

Sabía que si metías a Lily en la máquina de rayos equis más sofisticada que se hubiera diseñado y examinabas la radiografía resultante con el microscopio más moderno de todo el universo, no encontrarías ni una sola mala intención en todo su cuerpo. Sabía que el asunto en cuestión era una equivocación nacida de la ignorancia, y no un acto de crueldad ni una travesura. Sabía que a ella le resultaba imposible comprender la escala cósmica de su fracaso.

Pero, demonios, estaba cabreado.

Lo malo fue que, mientras salía del apartamento de mi madre, ella gritó:

—¿A dónde vas? Te acompaño. —*Está bien*, pensé. *Mi madre y Lily siempre se han llevado bien y eso siempre me ha gustado. Y es genial que Lily quiera compartir el encendido de su árbol con una gran variedad de personas. Acéptalo.*

Hasta decidí no molestarme cuando mi madre preguntó «¿En serio vas a ir así vestido?», y me obligó a ponerme corbata. Esta era probablemente nuestra primera salida madre-hijo desde que la pubertad había tachado las salidas madre-hijo de mi lista. Aun así, intenté estar a la altura de la situación. Charlamos en el metro sobre lo que había elegido su grupo de lectura ese mes. Tras confesar mi completa ignorancia sobre la obra de Ann Patchett, decidimos abordar otro tema de conversación: el hecho de que yo me quedaría en casa en Año Nuevo mientras que ella y mi padrastro se marcharían de la ciudad. Me pareció bien.

Pero después llegamos a la estación de Lily y, al final de la escalera, mi madre me aferró el brazo y murmuró:

—No, ese no puede ser… no.

Al principio pensé: *Qué coincidencia. De todos los lugares donde podría estar mi padre esta tarde, está justo aquí.*

Después vi que llevaba un regalo… y caí en la cuenta de que nos encontrábamos en una situación de lo más jodida.

Mi madre también tuvo la misma impresión.

—¿No es posible que Lily lo haya…? —preguntó.

Pero no tuve que responder: ambos sabíamos que era posible.

—Ay, no —exclamó mi madre. Y luego enfatizó cada palabra con una pesada respiración—. No. No. *No.*

Conozco a muchos hijos de padres divorciados que acabaron disgustados por el giro de los acontecimientos que convirtió a su familia en una montaña de escombros. Pero yo nunca fui uno de ellos. Hasta el observador más despistado podría percatarse de que mis padres sacaban a relucir lo peor de cada uno… y yo no era ni mucho menos un observador despistado. Cuando todo se desmoronó (tenía nueve años), me dio la sensación de que observar la manera en que mis padres actuaban cuando estaban cerca del otro era como un trabajo a jornada completa. Ambos creyeron armarse con sus fortalezas pero, en realidad, se convirtieron en versiones amplificadas de sus debilidades. Un subibaja de pánico y furia por parte de mi madre. Un remolino de arrogancia y dignidad ofendida por parte de mi padre. Yo intenté no tomar partido, pero finalmente la maldad de mi padre resultó mucho peor que la necesidad de mi madre. Desde entonces, él apenas se había esforzado para alterar esa forma de comportarse.

Lily sabía cómo me sentía al respecto. Y también que yo mantenía una amplia zona desmilitarizada entre mis padres. Era la única forma de evitar un conflicto constante por parte de mi padre y dolor por parte de mi madre.

Ahora, ella se sentía dolida. De solo verlo, se sentía dolida.

—No sabía nada —le expliqué.

—Lo sé —repuso. Luego, después de un claro momento de indecisión, comenzó a caminar hacia delante, siguiendo a mi padre.

—No tienes que venir —le advertí—. En serio. Se lo explicaré a Lily. Lo entenderá.

—No podemos permitir que ganen los terroristas, Dash —afirmó con una sonrisa—. Iré al encendido del árbol esté tu padre ahí o no.

Hasta aceleró el paso, así que, para cuando llegamos a la manzana de Lily, íbamos pocos metros por detrás de mi padre. Como era habitual en él, no miró hacia atrás.

—Papá —dije finalmente al llegar al edificio.

Se dio la vuelta y me vio primero a mí. Puso su Cara de Padre (nunca le quedaba del todo bien), y luego miró hacia el costado y mostró genuina sorpresa.

—Uh —exclamó.

—Sí —profirió mi madre—. *Uh.*

Permanecimos ahí durante un momento, cacareando comentarios amables sin ninguna sensación de amabilidad. Mi madre le preguntó a mi padre por su nueva-pero-no-demasiado mujer. Mi padre le preguntó a mi madre por su nuevo-pero-no-demasiado marido. Parecía una situación surrealista: los nombres no encajaban con las voces que normalmente los pronunciaban. Yo estaba desconcertado… y el desconcierto era algo con lo que me había criado. Algo que ya no quería en mi vida.

Mi padre llevaba un regalo envuelto en la mano, tal vez había sido cosa de su mujer, o quizá se lo habían envuelto en la tienda. En cualquier caso, demostraba más cuidado del que yo había recibido en años. A mí me daba cheques… si es que me daba algo. Mi madre siempre firmaba las tarjetas de cumpleaños por él.

Antes incluso de que Lily respondiera, mis padres comenzaron a pelear como si fueran dos gallinas. Mi padre dijo «No sabía que vendrías» y mi madre respondió «¿Y por qué no iba a venir?», hasta que yo los hice callar a los dos de un picotazo. Sabía que toda la familia de Lily estaría en la fiesta y lo último que quería era que vieran lo inestable que era mi patrimonio genético.

Lily abrió la puerta y tuve que recordarme a mí mismo: *Ella no sabía nada no sabía nada no sabía nada*. Entonces, conseguí no aullar y exclamé sin más:

—¿Adivina con quiénes me he encontrado?

Una novia distinta habría respondido a mi ataque con otro. «¿Krampus?» podría haber dicho, en alusión a la versión malvada de Santa Claus del folclore europeo. O Scrooge o el maldito Santa Claus. Pero Lily jamás respondería eso. En cambio, preguntó:

—¿Os guardo el abrigo? —Aunque ninguno de nosotros llevaba abrigo.

En lugar de responder, mi padre le extendió el regalo.

—Para ti, querida.

—Yo habría traído algo —se excusó mi madre con rapidez—, pero Dash me dijo que no era esa clase de fiesta.

—¡Típico! —le dijo mi padre a Lily riendo, como si ella supiera tan bien como él que siempre me hacía un lío con las fiestas.

—En realidad, *no es* esa clase de fiesta —afirmó Lily—. Pero gracias de todos modos.

Y mi padre, fiel a su costumbre, agregó:

—Bueno, si no se trata de esa clase de fiesta, entonces puedo llevarme el regalo. —Se inclinó como para quitárselo y luego se alejó echándose a reír otra vez—. Dios, era solo una broma —exclamó al darse cuenta de que era el único que reía.

—Lo llevaré a mi dormitorio —indicó Lily y yo entendí, por la forma en que lo dijo, que debía seguirla. Pero no podía dejar sola a mi madre de ninguna manera.

—Nosotros entraremos y saludaremos a los demás —propuse.

—Ah, de acuerdo. Ahora vuelvo.

En momentos como este de presión y conflicto, la última persona a la que uno querría agregar a esta mezcla sería una ex. Pero en este caso, cuando entré en la sala y vi a Sofía, lo único que sentí fue gratitud. Mi madre y ella siempre se habían llevado bien.

—Ven a saludar a Sofía —comenté mientras guiaba a mi madre—. Te conté que volvió de Barcelona, ¿verdad? ¿Por qué no le preguntas si ya han terminado la catedral?

—¡Qué alegría veros! —La sonrisa de Sofía era amplia y sus ojos leyeron mi petición de auxilio—. No conozco a nadie más, Boomer se ha retrasado y Lily anda corriendo de un lado a otro para organizarlo todo. Es bueno ver una cara familiar.

—No sabes cuánta razón tienes —repuso mi madre con otra sonrisa.

—Ahora vuelvo —dije, porque todavía tenía que desactivar la bomba que implicaba controlar a mi padre, que ya había empezado a hablar con el hermano de Lily. No me hacía falta oír lo que estaba diciendo para saber que cada palabra que brotaba de su boca confirmaba la peor opinión de Langston acerca de mi linaje.

—… no hay motivo para mostrarse tan arrogante. Tengo derecho a estar aquí. Me han invitado, por el amor de Dios.

—Estoy seguro de que Lily lo ha invitado, señor —respondió Langston—, pero no creo que lo haya hecho por el amor de Dios.

Esto desconcertó a mi padre por un instante y Langston aprovechó la pausa para agregar:

—Tengo que ir a ver a un hombre por algo relacionado con un reno. —Y salió disparado hacia otra habitación. Mi padre comenzó a examinar de inmediato la sala en busca del siguiente interlocutor a quien usar como rehén.

—Papá —lo llamé—. Ven aquí.

Sabía que si había alguien en esa habitación que podía manejar al idiota de mi padre era la Sra. Basil E. No necesitaría explicarle nada. Desde su ubicación en el sofá, ya habría captado la situación con un conocimiento cercano a la omnisciencia. Sabía que la mujer no toleraba de buen grado a los idiotas, pero sí haría sufrir a un idiota de buen grado.

—Hay alguien que quiero presentarte —le dije a mi padre—. Es la tía de Lily.

Mi padre la miró y le prestó menos atención de la que le prestaría a una anciana que trata de cruzar la calle. Estaba dispuesto a pasar de largo.

—¿Así que usted es el padre de este bribón? —exclamó la Sra. Basil E. observándolo no solo con curiosidad sino también con el deseo de matar a un gato.

—No puedo negarlo —respondió mi padre irguiéndose un poco ante el comentario—. O al menos esa es la historia que me contó su madre.

—Uh, ¡y también es un crápula! Quédese por aquí para que nadie oiga sus chillidos.

—No estoy seguro de seguirla…

—Y yo, señor, no estoy segura de que lleve la delantera. Pero no importa. ¿Por qué no se sienta a mi lado? Por poco que espere disfrutar de su compañía, me gratificará sobremanera ver que no estorba. Lily se toma estos festejos muy en serio y, según mi estimación, usted es en estos momentos la persona con el índice más alto de probabilidad de estropear la celebración. Quiero asegurarme de que eso no ocurra.

La Sra. Basil E. no dio unas palmaditas en el asiento que estaba a su lado. En cambio, pareció lanzar un hechizo al almohadón para que no estuviera manchado cuando mi padre se sentara.

—Yo no tenía que estar aquí, sabe —balbuceó. Casi sentí pena por él, aunque no demasiada.

—Eso dice mucho de usted —concedió la tía de Lily—. Ahora no altere esa buena imagen con más conversación. Siéntese y observemos a los demás.

Impotente, mi padre acató la orden.

—Tráele un poco de sidra —ordenó la Sra. Basil E.

—Que sea doble —agregó mi padre.

—La sidra carece por completo de alcohol —aclaró.

—Aun así, es sidra —respondió mi padre, ganándose al fin un leve atisbo de respeto por parte de la anciana.

Llevé a cabo aquella diligencia con rapidez y le alcancé a mi padre dos tazas, aunque en ninguna de las dos ponía MEJOR PADRE DEL MUNDO. Después fui a buscar a Lily, que aún no había vuelto.

Primero revisé la cocina, pero allí solo encontré a su padre con aspecto de estar intentando recordar cuál de todos los electrodomésticos era el horno. Luego me aventuré por el pasillo para ver si la puerta del baño estaba cerrada; no lo estaba.

Un gran silencio rodeaba el dormitorio de Lily, por lo que supuse que no se encontraba dentro. Pero cuando me asomé, allí estaba ella, completamente sola. No estaba buscando nada. Ni tampoco mirando el teléfono. No estaba haciendo ningún cambio de último momento en su *playlist* navideña. En cambio, se encontraba sentada en el borde de la cama, mirando por la ventana, hacia el borde del mundo. Perdida en sus pensamientos, o pensando en cosas que se perderían apenas pronunciara su nombre y volviera a la realidad, con la actitud de una fugitiva en estado disociativo. Era perturbador verla de aquel modo, pero aun así no estaba seguro de si debía perturbarla. Hay un tipo de soledad que pide a gritos un rescate… pero este parecía ser el tipo de soledad de una persona que quiere que la dejen en paz.

Me disponía a regresar en silencio a la fiesta pero, en el momento de mi retirada, Lily salió de donde fuera que había estado, se dio la vuelta y me vio en la puerta. Tal vez había sabido todo el rato que me encontraba allí. Puede que yo no supiera en qué estaba pensando.

—Dash —murmuró, como si ambos necesitáramos que se nos recordase quién era yo.

—¿La fiesta? —respondí—. ¿Hay algo que pueda hacer?

—Creo que todo está listo —comentó meneando la cabeza—. En realidad no es una fiesta, es simplemente el encendido de un árbol.

Vi el regalo de mi padre sin abrir encima de su escritorio. Lo sujeté y lo agité. Algo rodó en el interior.

—Bueno, al menos no es un cheque —señalé—. Al menos ha requerido algo de elaboración. De él o de otra persona. —Lo agité más fuerte—. Espero que no sea frágil.

—Para —exclamó Lily.

Me detuve.

—Tengo algo para ti —me dijo—. No tienes que abrirlo ahora y no tienes que ponértelo si no quieres. Nunca. Yo… bueno, es simplemente algo que pensé que quería darte. Pero no estás obligado a llevarlo.

—Es una minifalda de cuero, ¿verdad? —pregunté—. ¡Has matado a una vaca por mí y la has transformado en una minifalda!

Por el horror que reflejó su rostro, uno habría pensado que había dado en el clavo. Lo cual, estoy seguro, hizo aparecer un atisbo de horror en mi rostro. Lo cual animó un poco a Lily.

—Ninguna vaca sufrió daño alguno para la elaboración de este suéter —me aseguró.

Y yo pensé *Uh, no. Un suéter.*

No es que creyera que Lily no podía tejer un suéter. La creía capaz de hacer cualquier cosa que se propusiera, ya fuera un pastel de cinco pisos o una virgen de macramé. Pero un suéter… viviendo en Nueva York, mi relación con los suéteres era muy complicada. No pasaba nada mientras estuvieras en la calle, hasta era preferible llevar uno puesto, pues te protegía del frío polar. Pero ¿dentro? ¿Cuando la temperatura ascendía violentamente a treinta y tres grados? *Sudorgatorio.* Sudoroso purgatorio.

Lily se dirigió a su estantería y sujetó un paquete envuelto en papel de seda.

—Aquí tienes —anunció extendiéndome el regalo.

Me detuve a meditar qué clase de noche salvaje entre un Kleenex y una hoja de papel de carta había conducido al nacimiento del papel de seda. Luego lo hice trizas y saqué el suéter que había dentro.

Lo primero que advertí fue lo enorme que era, por lo menos dos X más después de la XL, con espacio para otro reno que necesitara refugio. Después me percaté de lo *navideño* que era. A pesar de que Lily me estuviera regalando un suéter para Navidad, no se me había ocurrido que podría ser un *suéter de Navidad*. El copo de nieve que tenía en la parte delantera parecía bordado por una araña que se había emborrachado la noche anterior. Y luego estaba el asunto de los pájaros. Palomas, supuse, con nuestros nombres. La de Lily tenía una ramita de olivo en el pico. La mía solo parecía estar merodeando.

—Ay, Lily —exclamé—. Quiero decir, *vaya.*

Sabía que debía de haber tardado mucho tiempo en hacerlo, de así que comenté:

—¡Debes de haber tardado mucho tiempo!

Sabía que hacía juego con su suéter de Santa Claus con un mensaje positivo, así que comenté:

—¡Hace juego con tu suéter!

Sabía que había sido un año difícil para ella, así que reuní toda la alegría posible para decir:

—¡Me lo pondré ya mismo!

Lily comenzó a decirme que no era necesario pero yo ahogué todas sus protestas con los kilómetros de hilo expiatorio que me coloqué por encima de las orejas. Cuando por fin encontré el agujero de la cabeza, salí a la superficie y respiré. Desde lejos, debía de haber parecido un guante desquiciado.

—¡Me encanta! —exclamé enrollando las mangas para que mis nudillos recibieran un poco de aire.

—No te encanta —dijo Lily—. Te he dicho que no te lo pongas. Se suponía que lo que cuenta es la intención.

—No —repuse—. Es mucho más que eso. Nadie me había tejido un suéter en toda mi vida. Ni mis padres ni mis abuelos. Ni siquiera los tíos abuelos de Florida que tienen muchísimo tiempo libre. Y desde luego ninguno de mis amigos. Esto es especial para mí.

—Yo no lo he tejido todo. Simplemente lo… he readaptado.

—¡Mejor todavía! ¡Una huella de lana menos en el medio ambiente! ¡Es magnífico!

Corría el riesgo de no poder dejar de proferir todas las frases entre signos de *exclamación* (con la voz cada vez más aguda), así que decidí bajar el tono.

—En serio —afirmé sujetándole la mano, haciendo que me mirara para que viera mi sinceridad—. Este es uno de los mejores regalos que me han hecho. Lo llevaré con orgullo. El orgullo de Dash y Lily.

En otros tiempos, esto la habría hecho sonreír. En otros tiempos, esto la habría hecho feliz.

Yo quería que volviéramos a aquellos tiempos.

—No tienes que ponértelo, en serio —repitió otra vez.

—Lo sé.

Antes de que pudiera decirlo otra vez, antes de que las gotas de sudor descendieran por mi frente, donde notaba que se estaban acumulando, me dirigí hacia la puerta. Me di la vuelta y le pregunté:

—¿Vienes? —Y luego agregué—: Seguro que a mi madre se muere por hablar contigo. Y tu padre parece un poco perdido en la cocina.

En ese instante, Lily pareció volver en sí.

—¿Mi padre? ¿En la cocina? Eso no es… En realidad, solo entra allí cuando necesita comer algo. —Se puso de pie y avanzó—. Si está intentando ayudar, tenemos que detenerlo. ¿Y mi madre también estaba con él? Ella es aún peor.

—No he visto a tu madre —le aseguré.

Recorrimos el pasillo. Cuando llegamos a la cocina, la encontramos vacía.

—Creo que no ha causado ningún daño —concluyó Lily después de un rápido vistazo y luego me miró—. Y hablando de daños… siento mucho lo de tus padres. Creo que me emocioné demasiado con lo de las invitaciones. La verdad, no sé en qué estaba pensando. Me confundí entre lo que quería que sucediera y lo que debería haber intuido que sucedería. Últimamente lo hago mucho. Sé que no sirve de nada.

—No pasa nada —le aseguré… pero no fue buena idea, pues los dos sabíamos que no era particularmente cierto. Así que reformulé la frase—: Seguro que todo va bien ahora que hemos dejado atrás la sorpresa inicial. Ambos permanecerán en distintos lados de la sala. La Sra. Basil E. controlará de cerca a papá. Si alguien puede hacerlo, es ella.

Ese parecía ser el caso cuando volvíamos a la sala. Boomer había llegado y estaba hablando de forma animada con Sofía y mi madre. Su mano descansaba sobre su espalda (la de Sofía, no la de mi madre) de esa forma poco sutil que suelen emplear las parejas que acaban de empezar a salir, como enseñándoles a todos que hay un vínculo entre ellos más allá de la metáfora. Si yo le hubiera hecho eso a Sofía cuando salíamos, lo más probable es que me hubiera apartado la mano, alegando que era una actitud condescendiente. Pero con Boomer, parecía gustarle. O, al menos, no le importaba. De alguna manera, su contacto se había vuelto natural para ella.

Mi madre también se dio cuenta. Vi el momento en que se daba cuenta. No albergaba la menor duda de que le habría gustado que mi padrastro estuviera aquí para apoyarla de esa misma manera, y no en algún viaje de negocios.

Mientras tanto, la Sra. Basil E. había doblegado a mi padre con un chasquido de disgusto. Detesté que, a pesar de todo, él pareciera estar disfrutando de su compañía.

Fui consciente del cambio que sobrevino en la sala para adaptarse a mi suéter. Hubo miradas, por supuesto. Pero en cuanto la risa se asomaba en los ojos de alguna persona, otra información la contrarrestaba: la enorme pista que brindaba el contexto de que yo me encontrara junto a Lily, por lo que el suéter debía de estar tejido por ella. Por esa razón, y solo por esa razón, la risa se disipaba antes de que Lily pudiera oírla. Todos los presentes querían que se sintiera bien, que se sintiera amada. Aun cuando, para ser justos, me di cuenta por la mirada del abuelo de Lily que toda esa situación le resultaba graciosísima.

No creo que Lily percibiera nada de eso. En su lugar, estaba examinando el árbol y acomodando un portavelas que había colgado de una de las ramas del medio.

—Supongo que ha llegado la hora —murmuró más para sí misma que para mí. Buscó a Langston entre la multitud y ambos intercambiaron una muda señal de que había llegado el momento. Benny, el novio de Langston, le propinó un leve apretón de manos y el hermano de Lily dio un paso al frente.

—¿Podéis prestarme atención, por favor? —gritó y todos los animales del comedero guardaron silencio. Ya debía de haber por lo menos unas veinte personas en la sala entre primos, primos lejanos y amigos de la familia que habían adquirido estatus de primos, una especie de título nobiliario de clase media. Solo las personas que yo había incorporado a la vida de Lily (mis padres, Boomer, Sofía) desconocían aquella ceremonia. Los demás eran parientes. Nosotros, invitados.

»Como sabéis, ha sido un año un poco duro —prosiguió Langston.

—¡Habla por ti! —rugió el abuelo.

—Pero todos estamos aquí —afirmó Langston con una sonrisa—, que es lo más importante. Así que, sin más preámbulos, le paso la palabra a Lily.

Yo esperaba que Lily sintiera el cariño de la sala, la fuerza de tener a toda su familia reunida. Pero, en cambio, pareció un poco perdida.

—No tenías que mencionar todo eso, Langston —comenzó a decir Lily—. Me refiero a lo del año. No nos hemos reunido por eso.

Se hizo un silencio incómodo. Luego Boomer gritó:

—¡Hemos venido para prenderle FUEGO al árbol!

Esto provocó algunas risitas nerviosas. Sofía se inclinó hacia él para explicarle cuál era el concepto de encender el árbol.

—Si formáis un círculo alrededor del árbol, podremos comenzar —anunció Lily—. Para los que no han participado con anterioridad, cada uno de nosotros sujeta una vela y enciende la vela de la persona siguiente. Cuando lleguemos a mi abuelo, él encenderá la vela del árbol y yo encenderé todas las luces eléctricas. Ah, y gracias a Dash y a Boomer por el árbol.

—¡Vamos, Oscar! —vitoreó uno de los dos.

Todos echaron una mirada alrededor de la sala en busca de Oscar, que no hizo ninguna reverencia.

Le eché un vistazo a mi madre, que había esbozado su mejor sonrisa falsa.

Le eché un vistazo a mi padre, que parecía ligeramente avergonzado.

—¡Vamos, gente! —gritó Langston—. La señorita quiere un círculo, así que hagamos un círculo.

Formamos un círculo bastante irregular alrededor del árbol. En medio de la confusión, terminé entre Sofía y mi madre. Boomer se situó al otro lado de mi madre. Después, para evitar a un primo particularmente parlanchín, mi padre se colocó junto a Boomer. Lily repartió velas rojas, verdes y blancas. Luego apagó las luces e hizo que sonara *Blanca Navidad* en el equipo de sonido. Mientras Bing Crosby hacía lo que tan bien sabía hacer, Lily encendió su vela y la acercó a la de su madre hasta que la llama prendió. Después su madre hizo lo mismo con el padre de Lily. El círculo comenzó. Nadie decía ni una palabra, solo seguíamos el progreso de la luz y esperábamos nuestro turno. El abuelo de Lily tardó un momento más de lo debido en levantarse de su asiento y ocupar su lugar. Pero cuando llegó su turno, su mano no tembló ni un poco al pasarle el fuego a Langston. Este acercó su mecha a la de Benny, quien hizo una pirueta para quedar frente a Sofía. Sofía sonrió y cubrió la llama con las manos mientras se volvía hacia mí.

Boomer, que nunca había tenido novia, sintió claramente que era su obligación de novio ser el receptor de la llama de Sofía. Saltó desde su sitio y se colocó entre Sofía y yo. Sofía, no queriendo desbaratar nada, acercó su vela de manera obediente a la de él. Me quedé quieto mientras Boomer llevaba a cabo una pequeña danza para aproximarse a mí, susurrándole a la llama que permaneciera encendida el tiempo suficiente para poder llegar hasta donde yo me encontraba. Boomer encendió mi vela y luego yo me volví hacia mi atribulada madre. El salto de Boomer la había colocado justo al lado de mi padre y ya era muy tarde para que ninguno de nosotros arreglara la situación sin llamar todavía más la atención.

*No pasa nada*, pensé. Mis padres son adultos. *Pueden actuar como tales.*

A mi madre le temblaba mucho la mano y temí que la vela se le cayera. Tardamos tres intentos en que la mano permaneciera lo bastante firme como para transferirme la llama.

—Tranquila —le susurré—. Lo estás haciendo muy bien.

Ella asintió de forma tan leve que solo yo lo advertí. Luego se volvió hacia su exmarido con la vela extendida.

Por un instante, creí que todo saldría bien. Por un instante, sus velas se tocaron y fue igual que con todos los demás. Por un instante, mi madre contempló su vela mientras mi padre contemplaba a mi madre.

Después mi padre abrió la boca.

Mi madre no estaba mirando. No lo vio venir. No se esperaba que mi padre dijera «Y yo que creía que nunca volverían a haber llamas entre nosotros». La conmoción fue real y potente. Mi madre retrocedió y, al hacerlo, la vela se le cayó. Mientras le decía que era un cabrón, la llama prendió una sección del periódico dominical que alguien había dejado debajo del árbol. A continuación, él les contó a los demás que ella nunca había sabido disfrutar de las bromas, y el suelo comenzó a arder.

Pensé que todos reaccionarían y puede que hubiera sido así, pero yo era el que me encontraba más cerca y la única persona de mi familia que no estaba discutiendo, por lo que llegué primero. *Extingue la llama*, pensé. *Extínguela.* Así que me arrojé con la barriga sobre el periódico y sobre la vela que había iniciado aquel desastre. Conseguí sofocar las llamas. Mientras caía se me ocurrió que había sido una reacción estúpida. Casi esperaba acabar chamuscado. Pero el sistema para extinguir las llamas funcionó. Eliminé el oxígeno de la ecuación; apagué el fuego que mi padre había provocado.

Era consciente de los gritos de Lily, de los aullidos de Langston. Y luego Boomer se lanzó al aire para sofocar al sofocador.

—¡Cierra los ojos! —gritó alguien. Lo hice y recibí un chorro de una sustancia química espumosa justo cuando Boomer aterrizaba sobre mí.

Todos se quedaron callados durante un momento. Luego:

—Puedes abrir los ojos.

Obedecí y vi a la Sra. Basil E. encima de Boomer y de mí, con un extintor de tamaño considerable. Estábamos cubiertos de espuma.

—¿Te encuentras bien? —preguntó mi madre, arrodillada a mi lado.

Asentí y mi barbilla acabó incrustada en la alfombra.

—Boomer —dijo mi madre con suavidad—, me parece que lo estás aplastando.

¡Exacto!

Benny y Langston ayudaron a Boomer a levantarse. Luego Langston extendió la mano hacia mí.

—Vaya, no tiene buena pinta —comentó cuando me puse de pie.

¿Me encontraba herido? ¿Tenía una quemadura tan grave que era incapaz de sentirla?

No, estaba ileso.

Pero había asesinado al suéter.

Miré hacia abajo y vi una mancha de cera y una zona chamuscada. Mi paloma parecía un malvavisco tostado. La de Lily parecía haberse acercado demasiado al sol. Y el copo de nieve había sufrido un abrupto derretimiento.

Levanté la mirada y vi a Lily. Todo lo que necesitaba saber estaba reflejado en sus ojos. Quería llorar pero se contenía, lo cual era aún peor que si estuviera llorando de verdad.

—Lo siento tanto —me disculpé.

—No —repuso—. No pasa nada.

De pronto, todos se habían puesto a hablar, las luces se habían encendido de nuevo y mi madre respiraba profundamente. Y mi padre…

Mi padre se había ido.

La Sra. Basil E. insistió en examinarme por si tenía alguna «quemadura errante». Benny volvió a servir sidra, todos apagaron sus velas y las dejaron en el suelo, donde había estado el periódico. Lily encendió las luces del árbol. No se oyeron «ooohhhs» ni «aaahhs».

Yo no sabía qué hacer para mejorar la situación.

Todos nos esforzamos por ayudar… intentamos llenar el apartamento de ruido y alegría. Pero daba la sensación de que queríamos tapar otro ruido, una incertidumbre que se había deslizado de manera sigilosa en la fiesta y que se negaba a marcharse, por mucho que su presencia no fuera bienvenida.

Yo había planeado quedarme hasta tarde: para ayudar a Lily a limpiar, para hablar de todo lo ocurrido, para intentar transformarlo en algo divertido y que la sensación de tragedia no prevaleciese. Pero cuando los primos comenzaron a retirarse a sus respectivos distritos y Sofía y Boomer se marcharon porque tenían una cita nocturna, Lily me despidió de forma abrupta, diciendo que era mejor que volviera a casa con mi madre. Sabía que tenía razón pero, al mismo tiempo, me preocupaba que Lily me necesitara más que mi madre.

Aquello resultó ser especialmente cierto después de que mi madre y yo nos marcháramos, pues quedó claro de inmediato que No Quería

Hablar del Tema. Cuando salimos de la estación del metro, mi teléfono zumbó con un mensaje de mi padre.

*Pdn por haberme ido. Me pareció lo mejor.*

Me negué a responder.
Me pareció lo mejor.


*Lunes, 15 de diciembre*

Esa misma noche, le envié un mensaje a Lily para saber cómo estaba.

No me respondió.

Al día siguiente, le envié varios mensajes mientras me encontraba en el instituto. Al principio, para saber cómo estaba. Después para asegurarme de que no hubiera desaparecido.

No era propio de ella no responder.

Le pregunté si quería que quedáramos después de clase. La llamé y le dejé un mensaje diciendo más o menos lo mismo.

Nada.

Antes de que terminara la noche, todos los pájaros habían dejado de cantar.

4

LILY

## Pajarita pícara y mimada

*Martes, 16 de diciembre*

Todavía faltaba poco más de una semana para Navidad, pero ya se había fastidiado. Odio utilizar un lenguaje tan duro, pero todo parecía una asquerosa *miércoles*.

Me desperté con el griterío de mis padres peleando. Boris estaba acostado a los pies de mi cama, con las patas sobre los ojos, gimoteando por culpa de las voces airadas que provenían de la otra habitación.

Madre: ¡No pienso mudarme a Connecticut!

Padre: ¿*Quieres* que me quede sin trabajo? Abandoné un trabajo excelente en Fiyi por tu padre.

Madre: Odiabas ese trabajo. ¡Y también Fiyi!

Padre: *Tú* odiabas Fiyi. Yo no habría dejado el trabajo tan pronto si tú no hubieras insistido.

Madre: ¡Mi padre tuvo un ataque al corazón! ¡No podíamos estar tan lejos!

Padre: Tu padre tiene cuatro hermanos, otro hijo y una colección de nietos y sobrinos que podrían haberse ocupado de él perfectamente. A pesar de que tu hermano se comprometa a ayudar pero luego no se moleste en abandonar su casa de vacaciones en Maine cuando lo necesitamos.

Madre: ¡Tú odias a mi familia!

Padre: No odio a tu familia. ¿Cómo te atreves a acusarme de algo así? Pero no sé por qué, en los veintiséis años que llevamos casados, nunca hemos podido vivir a menos de ocho kilómetros de todos ellos. Excepto por unos pocos meses de m-a (me tapé los oídos para no oír la palabra que rimaba con *izquierda*) en Fiyi.

Madre (ahora chillando): ¡NO PIENSO MUDARME A CONNECTICUT!

(La palabra que comenzaba con j y no era *jolín* también apareció en ese chillido, pero mis oídos la editaron).

En ese momento, mi teléfono sonó al recibir un mensaje de texto de Dash. «Siento mucho lo del suéter. ¿Te encuentras bien?».

Era evidente que no estaba bien. ¡¿¡¿Connecticut?!?! ¿Cómo podía ser ese lugar tan lejano una opción posible? Sabía que por lo general los directores de los internados vivían en las inmediaciones, pero el internado que había contratado a mi padre se había mostrado de acuerdo en que viviera en la ciudad y viajara todos los días, aun cuando se tratara de un viaje de dos horas de ida y dos horas de vuelta. Podía trabajar en el tren. (O al menos eso era lo que mis padres nos habían dicho al abuelo y a mí en cuanto regresaron de Fiyi. Tal vez nos habían contado una oportuna mentirita para que saliéramos adelante los primeros días de la recuperación de mi abuelo).

No era la primera vez que oía a mis padres pelear, obviamente. Pero sus «peleas» eran típicas discusiones de gente mayor y, por lo general, se callaban si Langston o yo andábamos cerca. Pero ¿esta pelea? Era escandalosa y épica, y daba miedo.

La pelea nunca habría ocurrido si no hubiera sido por lo de ayer. Los padres de Dash debieron de contagiar a los míos su insensible y disfuncional menosprecio mutuo. También se podría decir que fue culpa mía por haber invitado a la madre y al padre de Dash, pero eso fue cosa de ellos. Yo invité a su madre, que declinó la invitación, así que pensé que no pasaba nada por invitar a su padre en su lugar, como un gesto de buena voluntad que, se suponía, era la esencia de estas estúpidas fiestas. La culpa la tuvo la madre de Dash por decir que no podía venir y después aparecer de todas maneras, y también de Dash por traerla, y del padre de Dash por aceptar venir solo para demostrar que era capaz de ser un padre comprensivo y solidario por una vez en la vida. Fue culpa de Dash toparse con su padre en la calle mientras estaba con su madre y, aun así, dirigirse a la ceremonia de encendido del árbol. Él tendría que haber sabido que de ahí no saldría nada bueno. Esas dos personas juntas son tóxicas. Con razón Dash era tan huraño.

Pero ahora era yo quien se sentía huraña.

—¡CALLAOS! —grité y lancé el teléfono contra la pared que compartía con mis padres. Estúpidos mensajes de texto sobre suéteres. Estúpidas peleas.

Ese estúpido suéter, chamuscado y hecho trizas. Ni siquiera el estúpido gato dormiría sobre él. Ese suéter era el símbolo perfecto de todo lo que iba mal entre Dash y yo. El hecho de esforzarse demasiado sumado a las buenas intenciones de cada uno no daba como resultado necesariamente un final feliz de cuento de hadas.

Los cuentos de hadas ni siquiera son reales. Son estúpidos, como todo lo demás. Maldición. ¡ESTRÉS!

Tras el golpe seco de mi teléfono contra la pared, las voces de mis padres disminuyeron, pero la discusión continuó. De vez en cuando los oía subir el tono en frases como «¡Es culpa tuya!» y «¿Cuántas personas componen este matrimonio?».

Yo no quería salir de la cama, pero tampoco quería quedarme en casa y oír todas esas molestas tonterías ni un minuto más. ¿¡¿Connecticut?!? ¿Qué otra cosa buena tenía ese lugar además de la Pizzería New Haven?

Se abrió la puerta de mi dormitorio.

—¿Puedo entrar? —susurró Langston.

—¿Puedes *llamar* primero? —pregunté, irritada. Mi hermano se pone furioso si no llamo antes de entrar a su habitación en caso de que esté su novio y necesiten tener algo de privacidad, pero él nunca llama a mi puerta antes de entrar, ya que podemos suponer sin temor a equivocarnos que aquí dentro no sucede nada muy privado. Es una suposición de lo más molesta, porque resulta ser cierta. Mi familia tolera a duras penas que tenga novio, y eso es solo porque Dash es taciturno pero no resulta una amenaza al tratarse de un lector empedernido, y no nos vemos mucho; además, nunca se le permite estar en mi habitación con la puerta cerrada, y yo sigo teniendo toque de queda de noche.

—Ja, ja —dijo Langston casi sonriendo. Luego cerró la puerta de mi dormitorio y se subió de un salto a mi cama. Todavía llevaba pijama puesto, a pesar de que yo sabía que ya debería estar en clase. Casi parecía una mañana de Navidad de cuando éramos pequeños, con los dos acurrucados en mi cama, en pijama, esperando a que nuestros padres entraran y nos guiaran hacia los regalos. Desde mi cama, Langston y yo oíamos a escondidas las riñas de nuestros padres la mañana de Navidad en la habitación contigua. Pero esas «peleas» no eran más que discusiones suaves. Por ejemplo, uno decía que había terminado de envolver los regalos, cuando no era así, o el otro decía que había comprado café el día anterior cuando no lo había comprado. Ah, los buenos viejos tiempos. Antes de que «Connecticut» se convirtiera en una palabra odiosa, un augurio de la llegada de cosas horribles, cuando la vida era tan inocente.

Dios, me encantan los regalos. Sobre todo cuando los acompañan unos bollos navideños recién horneados y cubiertos con un glaseado rojo y blanco. Ni siquiera me importa que no haya café. A veces, es imposible no recordar lo mucho que me gusta la Navidad y luego siento una fuerte punzada en el corazón debido a que este año todo es una asquerosa *miércoles*. No consigo contagiarme del espíritu navideño por mucho que los demás intenten ayudarme a conseguirlo.

Es probable que tantos intentos de persuasión resulten contraproducentes. Esos sentimientos tienen que aflorar de manera orgánica. La alegría forzada es lo peor: yo requiero actos sinceros para sentir la Navidad.

—¿Qué sucede? —le pregunté a Langston.

—¡Creo que es bastante evidente! —exclamó, pero no en tono de broma. Su aspecto era muy serio.

—¿Van a divorciarse? —inquirí. Suponía que eso era lo que hacían los padres que peleaban de forma tan ruidosa. Me pregunté si debería sugerirle a Dash que se revisara los oídos para comprobar si tenía algún problema de audición causado por la exposición a las horribles peleas de sus padres cuando era pequeño. Probablemente no. Conociendo a Dash, lo más seguro es que se pusiera tapones y se sumergiera en algún libro mientras ellos peleaban, a pesar de ser solo un niño.

—No creo —respondió—. Es solo una mala racha.

—¿Como la que tenéis Benny y tú? —Mi hermano y su novio rompen más o menos cada dos meses, antes de que dé comienzo un aluvión de cinco mil mensajes de texto y una tromba de lágrimas, emoticones de corazones y canciones de Robyn, y luego no puedan vivir el uno sin el otro de nuevo.

—Tengo que contarte algo —anunció mi hermano.

—¡Van a *divorciarse*! —grité.

—Cállate, no grites tanto. Por supuesto que no. Están peleando porque anoche les conté lo que voy a contarte a ti, y creo que eso disparó la alarma sobre otros problemas.

—¿Tienes cáncer? —pregunté respirando agitadamente—. ¡Y solo pueden tratarte en Connecticut! —Mundo cruel. Por qué, por qué, por qué. Mi hermano acaba de comenzar la universidad. Que no me lo quiten tan pronto.

—¿Puedes callarte y dejarme terminar? No, no tengo cáncer, y, si tuviera, ¿por qué iba a ir a Connecticut a tratarme en vez de hacerlo aquí?

—¡Exacto!

—Escucha, Lily… quería decírtelo yo en persona. Me voy de casa. Benny y yo vamos a alquilar un apartamento para vivir juntos.

—Ahora no es momento para bromas, Langston —comenté riendo.

—No estoy de broma —insistió mi hermano. Un traidor, igual que Dash. Fingiendo que todo va bien y las cosas siguen igual que siempre cuando es evidente que no es así.

Soy consciente de que en el mundo suceden cosas peores, pero mi apartamento del East Village es el único lugar donde he vivido. Todos sus inquilinos *forman parte* de mi mundo, y sentía que este estaba llegando a su fin. Mi hermano se marchaba. Todavía no me lo habían contado, pero la Sra. Basil E. había propuesto que el abuelo se fuera a vivir con ella. Eso dejaba abierta la posibilidad de que mis padres abandonaran la ciudad… si averiguaban qué hacer conmigo sin que sufriera una crisis nerviosa. (Era curioso que todos se preocuparan por ese dilema y no me preguntaran a mí. Curioso pero irritante).

El mundo que yo conocía y amaba se estaba desintegrando, y tal vez Dash y yo también. Me daba cuenta de lo mucho que se esforzaba, pero eso me alejaba más de él. No debería tener que esforzarse tanto. Las relaciones funcionaban o no. Como si también lo supiera, Boris había terminado de hacer trizas el suéter chamuscado que le había regalado a Dash, y ni siquiera me importaba. Casi estaba contenta. Parecía la manera apropiada de deshacerse del suéter de una vez por todas.

Tras la discusión, a mis padres se les había hecho tarde para llegar al trabajo, así que no se detuvieron para despedirse de mí o disculparse por haberme estropeado el día. Langston se marchó a comprar muebles de segunda mano para su nueva casa en vez de consolarme por el dolor que me había provocado el hecho de que fuera a abandonarme por su novio. Mi abuelo seguía durmiendo y era probable que no se despertara hasta que su enfermera viniera a verlo más tarde.

A regañadientes, me puse el uniforme y me preparé para ir al instituto, a pesar de que ya era tarde y mi madre no me había dejado una nota para excusar mi tardanza. Le di un beso a Boris y le dije que durmiera el resto del día hasta que yo regresara, y le recordé que no volviera a acorralar a la enfermera del abuelo, pues esta lleva gas pimienta en el bolso y no le gustan los movimientos repentinos. Me disponía a salir de casa cuando en la pantalla de mi móvil apareció el número de Edgar Thibaud, que pretendía hacer una videollamada.

—¿Qué? —respondí y me senté en la cama. La cara de Edgar se materializó en la pantalla, sudorosa y desaliñada. En el último año se había aficionado a las discotecas por lo que seguramente me llamaba mientras sus travesuras nocturnas llegaban a su fin y mi día horrible arrancaba.

—¡Lily! ¡Amiga mía! ¡Necesito ramen ahora mismo!

—¿Perdón? —Podía ver a un grupo de chicos riendo y caminando con torpeza por la calle, detrás de él.

—Necesitamos sopa de fideos que nos absorba el alcohol del estómago. Pero ningún local del barrio coreano a los que hemos ido después de salir del Karaoke estaba abierto tan temprano.

Edgar no se merecía mi ayuda, pero no me apetecía ir al instituto todavía, así que no le colgué.

—¿Dónde estás?

—¿Cómo voy a saberlo?

—Dirige la cámara al cartel indicador más cercano en vez de ponértela en la cara. —Esa cara. Con barba incipiente, ojos lobunos color ámbar y labios gruesos. Y tan estúpida.

Primero la cámara se bamboleó hasta sus pies, dejando ver por un instante unos pantalones escoceses rosados y negros y unas botas de montar blancas y negras («Golfista Urbano» es como él describe su estilo personal). Luego la cámara se le cayó al suelo, la levantó de nuevo y apuntó a una toma de agua que parecía recién orinada. Después la dirigió hacia arriba, donde había un cartel indicador: Bowery y Canal.

Llevé a cabo el escaneo mental de mi mapa gastronómico y respondí:

—Great N.Y. Noodletown, Bowery y Pell. Abren temprano. —Disponía de esa información tan útil para la gente borracha porque era el lugar favorito al que acudían mi hermano y Benny después de ir-a-bailar-hasta-el-amanecer, cuando no estaban hechos puré.

—Nunca lo encontraré —gimió Edgar—. Ven a ayudarme.

—Te enviaré la ubicación. Tengo que ir al instituto —expliqué con un suspiro—. Aunque no quiero ir.

—Entonces no vayas —dijo y me colgó.

Por una vez, Edgar tenía razón. Yo era muy buena chica. Sacaba buenas notas, intentaba cuidar a todo el mundo y nunca faltaba a clase, ni a fútbol ni a mi trabajo de paseadora de perros ni a las clases de apoyo para los exámenes de ingreso a la universidad ni al trabajo voluntario. Comía muchos hidratos de carbono, como pizza y rosquillas, pero les añadía verduras por encima cuando me acordaba y si llevaban demasiado queso. No fumaba, no bebía, no me drogaba ni hacía cosas demasiado obscenas con Dash. Ni siquiera decía «M*****».

—¡MIERDA! —grité. Vaya, qué bien que me había sentado. Así que lo dije otra vez—. ¡Mierda, mierda, mierda! —Boris se volvió a poner las patas sobre las orejas y se negó a mirarme.

Les envié a mis clientes de la tarde un mensaje rápido para avisarles de que estaba enferma y no podía pasear a sus perros junto con el contacto de otro paseador que me reemplazaría. Después arrojé el teléfono en la cama para que nadie pudiera enviarme mensajes de texto ni e-mails ni me llamara, ya fuera de la forma tradicional o por videollamada. Hoy elegiría quien quería ser, sin distracciones ni intervención electrónica. Salí de casa dándome prisa, antes de perder el valor de deambular por la ciudad sin teléfono, como en los viejos tiempos.

No había planeado a dónde iría, así que caminé sin más. Vagar por las calles de Manhattan a pie siempre había sido una de mis formas preferidas de encontrar inspiración. Hay tanto que ver y oler (no todo es placentero, excepto en esta época del año, que huele a castañas asadas, aire frío y cafés de jengibre). Era imposible no sentirse eufórica en un día como el de hoy, tan soleado y cálido que resultaba irritante para tratarse de diciembre, aunque también agradable, pues se podía pasear, las tiendas estaban decoradas para las fiestas y había una sensación palpable de júbilo entre los demás transeúntes.

La verdad: no había ninguna sensación palpable de júbilo, pero yo decidí creer que sí, esperando que la alegría navideña se filtrara en mi alma atribulada.

«No te comportes como una pajarita mimada», me había dicho Langston esa mañana cuando me eché a llorar, tras contarme que se mudaba. Le dije que no estaba preparada para que se marchara, sobre todo por si el hecho de que el mayor abandonara el nido llevaba a mis padres a pensar que la puerta para secuestrar a la más pequeña y trasladarla a Connecticut quedaba abierta. ¡Ja! Pajarita mimada. Era uno de los apodos que Langston utilizaba para burlarse de mí, debido a que en la repisa de la chimenea había una foto de mi abuelo sosteniéndome con cinco años delante del árbol de Navidad, con su hermana, la Sra. Basil E., a un lado, y sus hermanos gemelos, el tío abuelo Sal y el tío abuelo Carmine, al otro. En la foto, los hermanos tienen una cerveza en la mano y la boca abierta, pero no para beber, sino porque le estaban cantando un villancico a su pequeña. Cada vez que Langston se enfada con nuestros parientes por mimarme demasiado (porque soy la menor de todos los nietos y, según dicen, la más encantadora), siempre contempla la foto de los cuatro hermanos cantándome de pequeña y, con la melodía de *Los doce días de Navidad* canta *Cuatro pájaros mimadores* en vez de *Cuatro pájaros cantores*. Y vaya uno a saber qué miércoles —¡digo, *mierda*!— son los pájaros cantores.

Sé que soy una pajarita mimada y sobreprotegida pero me gustaría dejar de serlo. No hasta el punto de no recibir una generosa cantidad de dinero por mi cumpleaños, pero una cierta dosis de independencia no me vendría mal.

Me había alejado tanto del East Village que había llegado a la Séptima Avenida y la calle Catorce. Era obvio que el universo me había conducido hasta la estación del metro de la línea 1 por una razón. Sabía exactamente a dónde deseaba ir. Me subí al tren que iba en dirección sur y viajé hasta South Ferry, la última estación, donde tomé el ferry que se dirigía a Staten Island.

Los pájaros mimadores no son solo cuatro. Mi abuelo tiene también otro hermano, que es la oveja negra de la familia: el tío abuelo Rocco, al que nadie le dirige la palabra a menos que sea necesario porque no es muy agradable y vive en ese lejano distrito conocido como Staten Island. Hubiera dado igual que viviera en Connecticut por lo alejado que parecía estar Staten Island. A nadie le cae bien el tío abuelo Rocco y el sentimiento es mutuo. Siempre intenté que me cayera bien porque a alguien tiene que caerle bien la gente que no le cae bien a nadie o el mundo no tendría esperanzas. Y he descubierto que la mejor manera de conseguir un poco de júbilo navideño es visitar a la persona más malhumorada que conoces; su malhumor puede ayudarte a sentirte bien, pues te proporciona perspectiva y equilibrio. Tal vez por eso quiero tanto a Dash. Perdón, me *gusta* tanto.

Tal vez debería haber obligado a Dash a acompañarme en mi día libre, pero todo lo que hacíamos últimamente parecía terminar en desastre. Un viaje pícaro y solitario a Staten Island constituía, probablemente, una apuesta más segura.

Mi madre llamaba al Ferry de Staten Island «el crucero de la mujer pobre» y ahora entendía por qué. Por el precio de un billete de metro, se obtenía un viaje de esplendor. Mientras el barco avanzaba, me asombré ante la convergencia de los ríos y la silueta de los edificios, y noté cómo me animaba de inmediato. Saludé con la mano a la Estatua de la Libertad y, como siempre, me preocupé por la Señora Libertad. Debe de tener el brazo muy cansado. Ojalá pudiera cambiar alguna vez de brazo para darle un poco de descanso al que sostiene la antorcha. Sin embargo, ese brazo debe de estar muy entrenado. A ver quién es el listo que se atreve a meterse con ella.

Me sorprendió lo mucho que disfrutaba de la soledad. No estoy sola muy a menudo. Los pájaros que me miman probablemente tenían razón. Yo *era* encantadora, al menos en un día como hoy, sin teléfono donde localizarme, sin responsabilidades, a solas con mis pensamientos y la maravilla del agua. ¡Faltaba muy poco para Navidad! Percibía las primeras señales orgánicas de emoción mientras recordaba uno de los poemas que mi madre solía leernos en esta época del año, de Henry Wadsworth Longfellow.

> *Las más sagradas de todas las fiestas son*
> *aquellas que mantenemos en soledad y sin mención;*
> *los aniversarios secretos del corazón,*
> *cuando el gran río de los sentimientos desborda;*
> *los días felices y diáfanos de sobra;*
> *los repentinos placeres que nacen desde la sombra*
> *como las llamas desde la ceniza; veloces deseos en acción*
> *como las golondrinas cantando sobre el viento una canción.*
> *Blancos como el brillo de una vela que se aleja*
> *blancos como una nube flotando en el aire que se deja*
> *blancos como el lirio más blanco de la rivera*
> *estos tiernos recuerdos son; un cuento de hadas*
> *de una desconocida tierra encantada,*
> *pero hermosa como una imagen soñada.*

En cuanto el ferry atracó en Staten Island, tomé el autobús S62 hacia Joe & Pat's, el lugar más importante de la isla, para comer la mejor pizza del mundo, tal y como mi abuelo me enseñó. Luego me dirigí a la gasolinera de la esquina, que también es un taller de chapa y pintura, cuyo dueño es mi tío Rocco. He encontrado a mi abuelo y a mi tía leyendo las críticas en Yelp del negocio del tío Rocco y riéndose. «Sinvergüenza» era la palabra más usada, pero los clientes también afirmaban que era el único taller al que iban, pues en ningún otro trabajaban tan bien, pese a que siempre los estafaban con los precios.

El tío Rocco estaba sentado en una silla frente al taller, con su uniforme de mecánico y fumándose un cigarro, a pesar de que los letreros de los surtidores indicaban que estaba prohibido fumar.

—¡Hola, tío Rocco! —lo saludé y él frunció la cara intentando reconocerme.

A pesar del calor, no había podido resistir el deseo de ponerme mi gorro de invierno preferido de color rojo con pompones colgando de las orejas. Creo que por eso mi tío me reconoció al fin, porque siempre llevo ese gorro el único día del año en que mi familia lo ve, el veintinueve de noviembre, cuando mi abuelo y sus hermanos visitan la tumba de su madre en Staten Island por el aniversario de su muerte. El día de Acción de Gracias y esa visita anual al cementerio es lo que da comienzo, para mí, a la época navideña, pero este año no habíamos hecho el viaje. Nadie se acordó.

—¿Se ha muerto alguien? —me preguntó el tío Rocco frunciendo el ceño.

—No —respondí—. Pero el abuelo ha tenido un año difícil.

—*Mmm* —masculló mi tío—. ¿Hay alguna otra razón para que estés aquí?

—No.

—Entonces puedes continuar tu camino. No hago descuentos, por si has venido a llenar el depósito.

—¡No he venido a eso! —repuse con alegría—. ¡Feliz Navidad!

Por fin. La Navidad había *comenzado*.

Me encaminé hacia la parada del S62 para que me llevara de regreso a la terminal del Ferry de Staten Island cuando me invadió el olor a jengibre, canela y delicias azucaradas, que provenía de una tienda que estaba en una esquina. Los cristales estaban cubiertos de papel y había un letrero de SE ALQUILA en la puerta. No parecía una panadería de verdad, pero la puerta estaba abierta y no pude resistir las ganas de entrar. El olor lo exigía.

Dentro, había probablemente unas doce mesas de metal con casas de jengibre en distintos grados de preparación, iglesias a medio construir, castillos sin tejados y casitas de hadas a las que les faltaban los muros de contención. En la mesa de suministros, había pilas de bolsas de pastillas de goma, M&Ms, bastones de caramelo y caramelos de menta, botellas de colorante, cajas de galletas integrales, cuencos de glaseado y herramientas de arquitectura que ardía de deseos de usar: pinzas, pinceles, recortes de cartulina. Era el paraíso. No tengo ni idea de qué quiero hacer con mi vida, pero si hay algo que sí sé es que no me importaría dedicarla a construir casitas de jengibre de manera competitiva. (El consejero académico de mi instituto me ha informado que no es una opción viable. Destructor de sueños. ¡Le demostraré que se equivoca!).

Una mujer joven con un delantal blanco de pastelera se encontraba inclinada sobre una mesa de galletas de jengibre sosteniendo una manga con un extremo muy puntiagudo. Al verme, lanzó un sonoro suspiro de alivio.

—¡Gracias a Dios! En la empresa de contrataciones dijeron que enviarían a alguien ayer, pero no se presentó nadie. Me juraron que vendría hoy. ¿Tú eres la estudiante de gastronomía?

—Sí —respondí. *Claro, ¿por qué no?*

—¿Cómo te llamas? —preguntó alcanzándome un delantal.

—Jana —contesté sin saber por qué e hice una pausa. Y luego me di cuenta de lo mucho que podría mejorar mi nueva y falsa identidad con un simple cambio—. Con una *h* —agregué.

—Muy bien, Jahna-con-una-*h* —continuó—. Yo me llamo Missoula, pero todos me llaman Miss.

—Sí, señora —exclamé.

—*Miss.* —Examinó todas las mesas—. No sé por dónde podrías comenzar. Solo dispongo del local hasta mañana y tengo que tener todos estos pedidos listos para entonces. Llevo toda la semana trabajando las veinticuatro horas del día, hasta duermo aquí. —Señaló un futón, que se encontraba en un rincón. Nunca imaginé que quienes hacían casitas de jengibre tuvieran que ser adictos al trabajo. Decidí descartar esta actividad como profesión y dejarla como un pasatiempo complementario y no como una ocupación de por vida.

—¿Qué puedo hacer? —*¿Podría añadir esta experiencia a mis futuras solicitudes de ingreso a la universidad?*

—¿Cuál es tu especialización?

—El arte culinario —respondí. Dios mío, Jahna era *genial*.

—Fantástico —comentó—. ¿Puedes dedicarte primero a la iglesia? Las que están en aquella mesa necesitan que les pinten las vidrieras de las ventanas. Ya he dibujado los bordes, solo tienes que pintar dentro de las líneas.

—¡Sí! —chillé y luego me di cuenta de que Jahna nunca chillaría—. Digo, está bien. Por supuesto.

—Quizá tengas que quedarte trabajando toda la noche —aclaró Miss.

—No hay problema —repuse. Jahna era una estudiante sin dinero y le vendría bien el día de trabajo para comprar el billete de tren a Vermont, para pasar las fiestas con su familia. Estaba claro que Jahna era de Vermont. Pero seguramente había estudiado un año en Francia, motivo por el cual tenía una actitud relajada y sofisticada cuando no se le ocurría chillar como si fuera una estúpida adolescente que visita Disneylandia por primera vez. (Lily lo hizo, y sigue haciéndolo cada vez que mira el vídeo de su primera entrada al Magic Kingdom). A Lily no le preocupaba lo de quedarse por la noche, como había prometido Jahna, porque seguramente la auténtica estudiante de gastronomía aparecería, eximiría a Jahna del trabajo y todas se reirían del malentendido y, *diosmío*, no me había dado cuenta de que te habías inscrito para este trabajo. Adelante, termina tú, yo me iré a casa.

—Y, pe-de, me encanta tu atuendo —comentó Miss. Tardé un segundo en darme cuenta de que quiso decir «PD», posdata—. ¿Es *vintage*?

Me miré el uniforme del instituto. Rayos.

—Ge-erre-a-equis —respondió Jahna por «grax»—. ¡Y ese-í: sí!

Tras ese intercambio, descubrí que Miss no era de las que hablaban sino de las que hacían. Una máquina de esparcir glaseado, colocar pastillas de goma y construir casitas de jengibre. Lo máximo que conseguí sonsacarle fue que era pastelera autónoma y que ese año había aceptado demasiados pedidos de casitas de jengibre personalizadas. Me pareció bien. Con respecto a esta experiencia, me sentí igual que Dash cuando lee un libro: disfrutaba de la sensación de soledad mientras hacía algo que me encantaba. Una tarde decorando casitas de jengibre era el día más perfecto que podía imaginarme.

A la hora de la cena, la alumna de la escuela de gastronomía aún no se había presentado y yo tenía hambre. Le pedí permiso para ir a Joe & Pat's a buscar más pizza y consideré la idea de abandonar el resto del trabajo, porque mi familia ya debería estar preguntándose dónde estaba. Me terminé la pizza y compré unas porciones más para llevarle a Miss. La pizza ayudaría a amortiguar el golpe cuando Jahna anunciara que no podía quedarse por la noche.

Cuando llegué, Miss estaba sentada en el suelo, despatarrada y exhausta. Le extendí la caja de la pizza.

—Jahna, eres un ángel —señaló—. Hoy me has salvado la vida. —Devoró una porción y luego agregó—: ¿Quieres ver la habitación de atrás? Ahí es donde necesito ayuda de verdad. Allí se encuentran las auténticas minas de oro.

—¡*Oui!* —exclamó Jahna—. *J'adore les minas de oro.* —Lily tenía que irse a casa, pero Jahna era de lo más chismosa y quería saber qué había atrás. Quizá Jahna debería sacarse un título adicional de Francés. Eso le abriría muchísimas oportunidades laborales después de graduarse. Podría estudiar en Le Cordon Bleu. *¡Oui, oui, oui!*

—Has hecho un trabajo magnífico con las iglesias. ¿Acaso eres religiosa o algo así? Porque no quiero que te ofendas con lo que hay atrás. Las galletas de jengibre que hay ahí son, ya sabes, para adultos. Hombres de frente, completamente desnudos, no sé si me entiendes.

—No hay problema —afirmé—. ¡No es que sea precisamente virgen, ja-ja! —La que era virgen era Lily. Jahna había estado locamente enamorada de su profesor de Literatura Francesa del siglo dieciocho durante el penúltimo año de su carrera, en Europa. Llevaron su aventura en secreto y ahora Jahna estaba arrepentida porque él era dos décadas mayor que ella, pero, vaya, el sexo había sido *très increíble*. Y el champagne y las fresas bañadas en chocolate *après l'amour*.

Jahna podría haberse mostrado *très indiferente* ante lo que vio en el cuarto trasero, pero Lily tenía los ojos muy abiertos del asombro. «Para adultos» no había sido una exageración. Deseaba con todas mis fuerzas no haber visto todas aquellas figuritas de jengibre en tan variadas posiciones de…

—Son galletas del *Kama Sutra* —explicó Miss—. En todas las posiciones principales.

—Me he dado cuenta —acotó Jahna demasiado rápido.

—¡Hasta tienen su propio antro! —añadió Miss riendo. Señaló una casita de jengibre decorada como si fuera un club de orgías para caballeros con el anuncio DESNUDOS EN VIVO escrito con glaseado blanco sobre el tejado y enmarcada con caramelos de color rojo intenso para que parecieran luces rojas.

Lily tragó saliva, pero Jahna comentó:

—Genial. Muy bueno el trabajo con los recortes. —No voy a mentir. Las parejas de jengibre parecían muy enamoradas e hicieron que deseara experimentar la clase de pasión y placer que se reflejaba en sus rostros. Algún día.

Me moría de ganas de irme a casa, llamar a Dash y olvidar toda la incomodidad de los últimos tiempos. Verlo. Tocarlo. Espolvorearlo con jengibre, canela y azúcar, luego olerlo y besarlo.

—¿Has visto? —concordó Miss—. Tardé semanas en colocar los trozos de masa en las posiciones exactas.

—Al verlo, parece tan sencillo de hacer —indicó Jahna.

—¡*Gracias*! Has trabajado tanto durante todo el día que ahora mereces una tarea más divertida. —Me extendió una bolsa de glaseado azul y luego señaló varias bandejas de mujercitas de jengibre sin decorar.

—¿Son estas las chicas que trabajan en el club de caballeros? —preguntó Jahna con mirada cómplice.

—¡Para nada! —respondió Miss—. Estas chicas pertenecen a la realeza. —Levantó un trozo de papel que cubría un dibujo pegado a la pared, detrás de las bandejas, y me enseñó a dos jóvenes voluptuosas con largas trenzas que hacían cosas inenarrables—. Haz que tengan este aspecto, como princesas.

—¡Elsa y Anna, no! —gritó Lily, desesperada por marcharse a casa y no volver a ver *Frozen* hasta que esos dibujos hubieran desaparecido de su mente.

—¿Has visto? —exclamó otra vez Miss—. Lo sé, ¡son las que más se venden!

Era el momento de que Lily se largara, o-b-v-i-a-m-e-n-t-e. Como era obvio, echaba terriblemente de menos mi teléfono. Y mi casa. Y a mi madre. Pero luego Miss preguntó:

—¿Quieres probar las Magic Mike?

—*Mmm*, sí —respondió Jahna.

—Esta es la tanda especial —agregó la pastelera guiñándome el ojo.

Le di un mordisco a Magic Mike y, caramba, era un chico delicioso. Tenía un sabor un poco diferente de lo que imaginaba.

—¿Cuál es el ingrediente especial? —pregunté.

—¿Has visto? —repitió Miss.

Era probable que Jahna sí supiera cuál era el ingrediente especial, pero Lily no. Jahna volvió a asentir con una mirada cómplice y exclamó de nuevo:

—Genial.

Me comí la galleta y estaba tan rica que tuve que comerme otra, y luego otra más.

Y después me encontré tan feliz y relajada que olvidé que deseaba marcharme. De pronto, me entró más hambre de pizza, y quizá de algunos brownies, y me pareció que Elsa y Anna podrían alcanzar su mayor potencial artístico en los dibujos de las galletas de jengibre de Miss, y, además, quién era Jahna para rechazarlos solo porque Lily fuera una virgen puritana y fanática de Disney.

Jahna comenzó a trabajar.

*Miércoles, 17 de diciembre*

Jahna se despertó en el futón cuando el sol se filtró a través de un orificio de las empapeladas ventanas de la tienda, pero fue Lily quien vio el reloj en la pared y enloqueció. 11:15 a. m. ¡DIOS MÍO, DIOS MÍO, DIOS MÍO!

Miss estaba dormida en el suelo.

No recordaba haberme quedado dormida la noche anterior y tampoco tenía tiempo de averiguar por qué no me marché a casa.

Salí disparada por la puerta y corrí hasta la terminal del ferry. Conociendo el nivel de la crisis, ni siquiera me detuve a comprar una rosquilla. No sabía qué me daba más miedo: el lío en el que estaría metida o que mi familia hubiera repetido la historia de *Solo en casa* y no se hubiera percatado de mi ausencia.

La respuesta a ambas preguntas se encontraba en un monitor de TV en la zona de espera del ferry. Estaba sintonizada en el canal NY1. No tenía sonido, pero en la pantalla vi mi foto con el gorro rojo de los pompones, seguido de un vídeo grabado con un móvil de cierto incidente del año anterior. El titular que aparecía en pantalla rezaba: «La rescatadora de bebés adolescente ha desaparecido».

# 5
# DASH

## Regálale un anillo de oro

*Miércoles, 17 de diciembre*

Eran alrededor de las ocho de la noche del martes cuando recibí un mensaje de texto de Langston.

*¿Lily está contigo?*

Le respondí: No.

A continuación preguntó: ¿Sabes dónde está?

Le respondí: No.

Luego le envié un mensaje a Lily: ¿Dónde estás?

Y recibí la respuesta: Si no se hubiera dejado el móvil en casa, ¿crees que te estaría enviando un mensaje a ti?

Y así fue cómo descubrí que Lily había *desaparecido*.

Normalmente, no pasaría nada porque una adolescente no volviera por la noche a su casa a la hora estipulada. Era prácticamente un rito de iniciación. Pero aquella forma de actuar no era propia de Lily, sobre todo porque sabía cuánto se preocuparía su abuelo sino regresaba a casa.

Así que estábamos preocupados.

Llamé a nuestros amigos, pero nadie la había visto. Langston me mantenía al tanto de forma periódica, y me dijo que el árbol telefónico de su familia se había activado.

Once de la noche y todavía no había noticias de ella.

Medianoche y todavía no había noticias de ella.

¿Quién es Edgar Thibaud?, me preguntó Langston.

Un idiota, respondí y luego agregué: ¿Por qué?

Me preguntaba si sabrá dónde está Lily.

¿Por qué?

Por nada en especial.

Aquello me resultó raro. No tenía ni idea de que Edgar y Lily siguieran en contacto… pero era sin lugar a duda lo que dejaba entrever la pregunta de Langston.

Tomé nota.

00:30 a. m.: sin novedades.

01:00 a. m.: sin novedades.

Me costó dormir. Lo hice de manera intermitente y me desperté cada hora para recibir las noticias de Langston.

02:00 a. m.: sin novedades.

03:00 a. m.: hemos avisado a la policía.

04:00 a. m.: hemos llamado a los hospitales.

05:00 a. m.: sin novedades.

06:00 a. m.: ¡Alguien la ha visto! En Staten Island.

06:01 a. m.: Le envié un mensaje a Langston: Vamos a Staten Island, ¿sí?

06:01:30 a. m.: Ya mismo.

Mientras me vestía (mientras le explicaba a mi adormilada madre por qué tenía que faltar al instituto, mientras salía de casa y me dirigía hacia el sur para tomar el ferry), lo único en lo que podía pensar era: *esto tiene que ser por mi culpa*. Un mejor novio habría evitado que su novia desapareciera. Un mejor novio no le habría dado a su novia un motivo para desaparecer. No habría incendiado su fiesta de Navidad. Habría sabido leer entre líneas lo que le ocurría aun cuando ella estuviera actuando de manera ilegible.

*¿Dónde estás, Lily?*, pensaba una y otra vez.

—Yo tengo la culpa de todo.

Langston no parecía contento de estar diciéndome eso. También parecía sentir que debía hacerlo.

—¿Por qué dices algo así? —le pregunté. Nos encontrábamos en la cubierta del Ferry de Staten Island, a pesar de que era muy temprano y hacía mucho frío para estar en la cubierta. El barco se alejaba del muelle y nuestras propias baterías acababan de empezar a arrancar. Si bien muchísima gente se había bajado en Manhattan para ir a trabajar a los rascacielos, no muchas personas se dirigían a Staten Island a esta hora del día. Estábamos haciéndolo todo al revés.

Al principio, creí que Langston no iba a contestarme. Como pasó demasiado tiempo, empecé a preguntarme si realmente habíamos hablado o me encontraba delirando e imaginando conversaciones debido a la desaparición de Lily. Pero después Langston levantó la mano derecha y me enseñó un anillo de oro que llevaba en el dedo meñique.

—Benny y yo hemos decidido empezar a tomarnos en serio nuestra relación, lo que implica irnos a vivir juntos. E irnos a vivir juntos implica dejar el apartamento en el que he vivido casi toda mi vida. Ayer se lo conté a Lily y no lo tomó muy bien. Sabía que pasaría… pero supongo que había esperado equivocarme, y que ella lo comprendiera. Pero ¿por qué habría de hacerlo?

—¿Dices que no podría comprenderlo porque no tiene, ya sabes, el tipo de relación duradera que tienes tú con Benny?

—No todo lo que sale de mi boca es un reproche hacia ti —comentó Langston meneando la cabeza.

—No, tal vez sea solo un *proche*. Y luego cuando lo repitas dentro de veinte minutos, *entonces* será un reproche.

Langston lanzó un silbido y desvió la mirada hacia el agua como si tal vez la Estatua de la Libertad fuera a compadecerse de él por tener que estar conmigo.

—Lo gracioso del tema —comentó, con la mirada aún en la bahía—, es que Lily es la única persona que conozco que es tan nerviosa como tú. *Pensar* es lo que más te gusta hacer, ¿verdad? A veces, es adorable pero otras veces resulta completamente agotador.

No era muy propio de Langston aceptar que Lily y yo teníamos algo en común, así que decidí tomármelo como un elogio. Y, al mismo tiempo, decidí no insistir en el tema.

Seguí sus ojos y también miré hacia el agua. Hacia Ellis Island. Hacia los gigantes de la costa que se iban alejando. Cualquiera que haya vivido en Manhattan toda su vida se siente desgarrado cuando abandona la isla. Durante un tiempo, uno experimenta la satisfacción de liberarse. Pero eso se equilibra con la sensación de dejar atrás toda tu vida y verla desde lejos.

Quería que Lily estuviera a mi lado. Sabía que no tenía sentido, ya que si hubiera estado conmigo yo no estaría buscándola. Pero, al mismo tiempo, parecía muy lógico. Lily era la persona con la que más quería compartir mi vida y, en los momentos en que me daba cuenta, lo sentía de manera más aguda.

No sabía si Langston pensaba en Benny, en Lily o si no pensaba en nadie. Yo no estaba compartiendo este momento con Lily, sino con él. O, al menos, sabía que sería así si continuábamos hablando, si conseguíamos conectar lo que ambos sentíamos en ese momento.

—¿Quieres oír algo raro? —pregunté, alzando un poco la voz para que pudiera avanzar en contra del viento—. Esta es la primera vez que tomo el Ferry de Staten Island. Siempre había querido hacerlo, pero nunca fue una prioridad. Tomé un ferry para ir a la Estatua de la Libertad durante una excursión escolar cuando estaba, creo, en quinto curso, pero salvo en esa ocasión siempre me he mantenido alejado del agua.

—Yo salí una vez con un chico de Staten Island —relató Langston—. Conocí a sus padres en la primera cita, y los volví a ver en la segunda y en la tercera. Así que tiendo a asociar el distrito con chicos que no quieren alejarse de su familia. Por desgracia, para cuando llegó la cuarta cita, yo *sí* quería alejarme de su familia.

—Cuando rompiste con él, ¿hiciste algo drástico? Como, no sé, ¿incendiarle el árbol de Navidad?

—¿Qué clase de loco haría algo así? —preguntó Langston sin sonreír.

—¿Un loco enamorado?

Esta vez, sí sonrió… levemente.

—Esa, señor, es una observación muy interesante.

—Siempre prendemos fuego a los que amamos…

—… que son a los que nunca deberíamos prender fuego.

—Exacto.

Silencio. Más viento. Más distancia. Ahora la Estatua de la Libertad se encontraba detrás de nosotros; ya no nos daba la bienvenida, sino que más bien parecía que la habíamos dejado a su suerte, esperando al chico que había conocido por Internet, cuyas primeras palabras serían: «No parecías tan alta en la foto de perfil».

Langston se dio la vuelta para mirar la isla a la que nos estábamos acercando.

—La respuesta es: no le prendí fuego ni a su árbol ni a su casa ni a su corazón. Simplemente dejé de hablarle. Volví a Manhattan y desaparecí. Imagino que encontró a un buen chico en el barrio y que sus familias cenan juntas todos los domingos a las siete.

No pude contenerme, tuve que preguntárselo.

—¿Es ese un rasgo familiar? ¿Desaparecer?

Ahora él se volvió hacia mí.

—Sí, pero tienes que comprender que Lily no es como el resto de la familia. Ella es lo mejor que tenemos.

—Espero que no te moleste que esté de acuerdo contigo en ese punto. Aunque ella *sí* parece haber desaparecido.

Staten Island ya se veía con claridad, sus casas y colinas contrastaban con la tierra que habíamos dejado atrás. Tuve que recordarme que aún continuábamos en la misma ciudad. Si nuestra información era correcta, Lily estaba mucho más cerca. Pero continuaba desaparecida.

—Yo tengo la culpa de todo —me encontré confesándole a Langston.

Se apoyó en la barandilla y se metió las manos en los bolsillos del abrigo.

—¿Por qué lo dices?

—Últimamente, no he podido llegar hasta ella. Y si no puedo llegar hasta ella, es imposible evitar que se pierda.

El sonido de una sirena ahogó cualquier posible respuesta. El ferry se sacudió, como si tuviera dudas. Luego se detuvo junto al muelle.

—Vamos —dijo Langston.

Bajé la pasarela detrás de él y entramos a la terminal. Cuando llegamos a la puerta que salía a la calle, le pregunté:

—¿Y ahora qué?

—La verdad, no tengo ni idea.

Esa no era la respuesta que esperaba. Suponía que tendría un plan serio, lo que implicaba la triangulación de coordenadas, las preguntas a los vecinos, el interrogatorio a los buenos samaritanos.

—Bueno, ¿dónde la vieron por última vez? —pregunté.

—Según mi tío exiliado, en su taller. Pero eso fue hace muchas horas. Y Staten Island es más grande de lo que crees. Aquí la mayoría de la gente tiene coche.

—¿Coche?

—En serio. Coche.

—Entonces, ¿qué deberíamos hacer? ¿Subir a un taxi? ¿Buscarla?

—No estoy seguro. Lo mejor sería que tuviéramos lugares favoritos adonde ir a preguntar o alguna idea de qué estaba haciendo aquí. Pero no sé a dónde iría. Y no creo que resulte muy útil separarnos y deambular por el lugar. Lo único que conseguiríamos es perdernos.

—Entonces, ¿qué estamos haciendo aquí?

—Intentamos sentirnos mejor. Eso es lo que hacen los hombres.

Suspiré. Cuanto más lo pensaba, más estúpido me parecía deambular por Staten Island buscando a una chica. No se trataba solamente de localizar la aguja… ni siquiera podíamos encontrar los pajares correctos.

—Lily volverá —prosiguió Langston—. Y cuando eso ocurra, será en el ferry. Así que tal vez deberíamos quedarnos dentro hasta que suba a bordo. Y entonces la encontraremos.

—Pero ¿y si la han secuestrado? ¿Y si necesita ayuda?

—¿Cuándo fue la última vez que renovaste tu licencia detective, Sherlock? No creo que seamos los mejores sabuesos para olfatear a este Baskerville en particular. Y todos mis instintos de hermano me dicen que a Lily no la han secuestrado. Creo que se fue a vagar por ahí para estar sola. No sé si quiere que la encuentren, pero también creo que será importante para ella saber que estamos intentando encontrarla. Así que sigamos.

Se oyó un anuncio: el ferry estaba a punto de salir.

—Todos a bordo —exclamé.

No hablamos durante tres tramos de recorrido de la bahía. Al cuarto, la novedad de la cubierta ventosa ya se había desvanecido y habíamos buscado en el interior un banco donde sentarnos. Al principio, me dediqué a observar a nuestros compañeros de viaje. Cuando el barco se dirigía a Manhattan, estaba lleno de personas apiñadas en sus propias rutinas, como si hubieran cronometrado la lectura del periódico con cada legua viajada, y ajustado la velocidad de su consumo de buñuelos de tal modo que el momento de levantarse e irse coincidiera con el último bocado. En el viaje de regreso a Staten Island, la gente se parecía más a Langston y a mí: viajeros ocasionales, temporalmente a la deriva y algo nerviosos. Había un hombre de unos cincuenta y tantos años que viajaba con nosotros de un lado a otro leyendo una novela de Jonathan Franzen a un ritmo reservado normalmente para gente no muy espabilada o jóvenes borrachos. En un momento dado, levantó la vista mientras yo lo contemplaba; aparté la mirada tan rápido como pude… pero aun así fue demasiado tarde. Después de eso, me dio vergüenza observar a la gente de manera persistente.

En su lugar, me encontré observando el anillo de Langston. Pensé en Benny y él yéndose a vivir juntos, dando ese paso. Langston me pescó mirando y alzó una ceja.

—¿Cómo lo supiste? —pregunté—. ¿Cómo supiste que estabas listo para dar ese salto?

Por un lado, esperaba que me respondiera que no era asunto mío o que me resultaría imposible entenderlo. Sin embargo, me miró con seriedad y respondió:

—No creo que sea cuestión de estar listo, como si fuera algo para toda la vida. Nunca estás listo del todo, simplemente llega un momento en que lo estás lo suficiente. En nuestro caso, no decidimos mudarnos juntos sino que nos quedábamos a dormir en casa del otro tantas veces que ya era como si viviéramos juntos y luego descubrimos que sería mucho más práctico hacerlo de verdad.

—Pero ¿lo quieres? Lo digo por los *anillos.*

Langston sonrió y comenzó a jugar con el anillo haciéndolo girar una y otra vez en el meñique como para comprobar que no se le salía.

—Por supuesto que lo quiero. Y tal vez lo quiera lo suficiente como para que no me dé miedo quererlo. Eso es lo que tenemos que averiguar. Y esta es la manera de hacerlo: despertarnos cada mañana y comenzar juntos el día, ser la continuidad el uno del otro aun cuando todo lo demás sea discontinuo o variable o cruel. En el fondo de mi corazón sé que puedo vivir sin él, pero también sé que no quiero hacerlo… creo es un buen punto de partida, ¿no crees?

Estaba de acuerdo y… quería saber más.

—Pero ¿cómo llegas ahí? ¿Cómo llegas a ese momento?

Soltó el anillo y se reclinó en el asiento.

—¿Estás hablando de Lily y de ti?

—Supongo.

—¿Supones?

—Bueno, sí. Lo que digo es que… siento que podríamos tener eso mismo, ¿sabes? De alguna manera. En algún momento. Pero cada vez que nos acercamos, nos volvemos tímidos. No me refiero al uno con el otro. Es más bien que nos volvemos tímidos con nosotros mismos. No es que no crea que formemos buena pareja… sino que me pregunto si soy lo bastante bueno para Lily. Intento ser un punto positivo, luminoso. Y, a veces, cuando estamos los dos juntos, es exactamente así. Pero otras veces, no soy más que un punto. Todo parece tan grande y yo no soy más que un puntito.

—Que solo ilumina de vez en cuando.

—Caramba, gracias.

—No… eso es bueno. Si fuera muy luminoso, resultaría muy difícil de mirar.

Aquello no me consolaba. No me producía ninguna emoción. Ni siquiera sabía qué estaba diciendo. Me encontraba inquieto. Hablar de Lily solía hacerme sentir como si ella estuviera junto a mí de alguna manera, de la misma manera que pensar en ella me hacía sentir como si estuviera más cerca. Pero ahora no me ocurría.

—Esto es inútil —señalé.

—¿El qué?

Me resultaba frustrante tener que explicarlo, ¿acaso él no lo sentía también?

—Esperar aquí. Hablar. Pensar. Todo parece inútil. Ella hará lo que quiera y regresará cuando quiera y, básicamente, estará conmigo si eso es lo que quiere.

—¿Y tú quieres estar con ella?

—*Sí.*

—¿Ella lo sabe?

—¿Tú qué crees?

—No lo sé.

*Genial*, pensé. *Eso sí que no es nada tranquilizador.* Y después me sentí estúpido por querer oír palabras tranquilizadoras cuando no creía que lo mereciera.

—Es una paradoja, ¿verdad? —prosiguió Langston—. Las personas que más conoces, a las que más quieres… también sentirás que hay partes de ellas que no conoces bien. Te puedo decir qué cereales come Benny, qué calcetines son sus favoritos, qué parte de una película (cualquier película) lo hace llorar. La forma en que se anuda la corbata. Los apodos que tiene para cada uno de sus sobrinos. La tercera de sus peores desilusiones amorosas. Y la séptima. Y la décima, que ni siquiera debería tener importancia. Pero hay veces en que me resulta del todo incomprensible. Momentos en que quiere algo o necesita algo o no necesita algo que yo no creo que quiera o necesite o no necesite y me asalta un miedo terrible de no haberlo entendido en absoluto, incluso de no haber entendido la relación que nos une.

—¿Y entonces qué haces? —pregunté. Necesitaba saberlo. Nadie más podía decírmelo, ninguno de mis amigos había llegado a ese punto. Y mis padres habían llegado a ese punto, pero luego todo se había desmoronado.

—Esperar —respondió—. Me recuerdo a mí mismo que no tengo que saberlo todo, que siempre existirán espacios esenciales dentro de nosotros que nos resultarán desconocidos. Aflojo la idea que tengo de él y se vuelve reconocible otra vez.

—No es que Lily me resulte irreconocible. Es que… no pasa mucho tiempo conmigo.

—Bueno —murmuró Langston con un suspiro—, han ocurrido muchas cosas.

—Lo sé. En serio, lo sé.

—No he dicho eso para que te sintieras mal. En verdad lo he dicho para que te sintieras mejor.

—No creo que hayas conseguido ninguna de las dos cosas.

—Mira, yo también estoy preocupado. Cuando Benny y yo tomamos la decisión, la peor parte fue imaginar cómo se lo tomaría Lily. Casi digo que no. Sinceramente, no estaba seguro de poder hacerlo. Pero Benny… Benny me hizo una muy buena pregunta: «¿A quién ayudas con esa actitud?». Lo que significa: Lily tendrá que encontrar su propio camino y experimentar el mundo más allá de nuestro apartamento y de nuestra familia. Y no me gustará cuando lo haga, de la misma manera que sé que a ella no le gusta el hecho de que yo haya elegido mi propio camino. Pero si no lo hacemos, permaneceremos en el mismo lugar durante toda nuestra vida.

Yo me había desvinculado lo suficiente de la conversación como para saber que la idea de que Lily eligiera su propio camino no era una crítica a la idea de que se quedara conmigo. Sabía que Langston hablaba de él y de ella, no de mí y de alguien más.

—Debería ir al instituto —le dije a Langston.

Quería que estuviera de acuerdo y quería que no estuviera de acuerdo.

—Es probable que sea una buena idea —comentó—. Esta tarea no requiere cuatro ojos. Y cuando encuentre a Lily, no olvidaré mencionarle tus esfuerzos.

Ese era el cambio que había causado este día: antes, habría pensado que aquel comentario era sarcástico. Ahora sabía que era sincero.

¿No sería una locura haberme ganado al hermano pero haber perdido a Lily?

Intenté evitar pensar en eso.

No tuve mucho éxito.

Cuando volvimos a atracar en Battery Park, yo desembarqué. Mientras el ferry se alejaba de nuevo, distinguí a Langston en la cubierta.

Le dirigí un saludo con la cabeza.

Él me devolvió el saludo.

Luego el ferry se alejó y no quedaron más que las olas.

Otra persona habría faltado al instituto. Se habría tomado el día libre, habría vuelto a la cama. Pero yo necesitaba distraerme con las conversaciones de mis compañeros sobre sus planes para las vacaciones de invierno. Quería la última ronda de clases, la última oportunidad para matar el tiempo.

O, al menos, eso fue lo que me dije. Pero aunque entré al instituto, no conseguí estar ahí de verdad. Revisaba el teléfono cada dos por tres. La noticia de la desaparición de Lily había llegado a las noticias y mucha gente me estaba utilizando como válvula de escape para su preocupación. Amigos que me preguntaban si podían ayudar. Amigos que me preguntaban si necesitaba hablar. Amigos preguntándose a dónde habría ido, como si yo estuviera manteniéndolo en secreto pero fuera a contárselo a ellos, solo a ellos, y a nadie más que a ellos.

Mi padre llamó.

*Qué raro que esté preocupado*, pensé.

Pero cuando contesté (¡qué idiota fui!), descubrí que su llamada no tenía nada que ver con Lily.

—Leeza quiere saber si pasarás con nosotros la Navidad —dijo—. Tiene que confirmar la reserva y ha estado insistiéndome con el tema de cuántos seremos.

Era la primera vez que oía hablar de la reserva y de los planes.

—Papá, no tengo ni idea de qué estás hablando —le respondí—. ¿Y no puedes enviarme un mensaje de texto como hacen todos los padres?

—Estoy seguro de que te lo dije.

—Tal vez pensabas decírmelo antes de salir huyendo de la fiesta de Lily.

Sabía que me estaba extralimitando, pero no me importaba. Por una vez, quería ser yo quien marcara los límites.

—Ten cuidado con el tono que usas conmigo, Dash.

—Lo aprendí de ti, papá —señalé.

Y luego colgué.

Debería haberme sentido bien, pero no fue así. Nada iba a resolverse, eso solo lo cabrearía más.

«Mi novia ha desaparecido», debería haber sido capaz de decirle.

«¿Cómo puedo ayudarte?», debería haber sido capaz de preguntar él. Pero ambos éramos básicamente incapaces.

Al menos había aprendido la lección de que los amigos pueden compensar los defectos de tu familia. Entre la tercera y la cuarta hora, Sofía y Boomer me detuvieron en el pasillo y yo les agradecí el gesto.

—Hemos oído las noticias —comentó Sofía—. ¿Podemos hacer algo?

—Si quieres —propuso Boomer—, puedo hablar con Amber, la chica de la clase de Química y ver si puede publicar una alerta.

—No creo que funcione de esa manera —intervino Sofía—. Pero es todo un detalle.

—Ha sido un placer —exclamó Boomer. Luego me miró y su rostro se ensombreció—. No es que saque ningún placer de esto. No es así, lo juro.

—Seguro que no tardará en volver —le aseguré—. Creo que necesitaba un poco de espacio.

—Entonces ¡tal vez esté en el planetario!

—Entiendo tu lógica, amigo mío. Le enviaré un mensaje a su hermano y le diré que lo compruebe.

Boomer se puso contento. Luego, preocupado de nuevo por mostrarse demasiado contento, intentó ponerse más serio. No era una expresión que le quedara bien. Finalmente, exclamó:

—Es la hora de Lengua… ¡mejor me voy yendo! —Y se alejó saltando por el pasillo.

Sofía se dio la vuelta y lo observó alejarse. A regañadientes, tuve que admitir que la manera en que lo hizo fue tierna.

Me pregunté si yo hacía lo mismo con Lily. Y luego me cuestioné si era algo que uno advertiría mientras lo estaba haciendo o si era una de esas cosas que hacías sin darte cuenta, como respirar.

—Se fue a Staten Island —le conté a Sofía—. He intentado encontrarla, pero no me he alejado del ferry.

—La mayoría de la gente hace lo mismo —me consoló—. A menos que vivan en Staten Island.

Hace tiempo había sido novio de Sofía. Ahora quería preguntarle si había sido un buen novio, si a pesar de que lo nuestro no había funcionado, creía que yo podría funcionar con otra persona. Pero no conseguí encontrar la manera de formular la pregunta.

Sin embargo, Sofía debió haberse dado cuenta. Porque me miró y dijo:

—Da igual donde esté o lo que esté haciendo… nada de eso tiene que ver contigo. Sino con ella. Y tú tienes que dejar que sea así. A veces, no queremos que nos encuentren enseguida. Si nos alejamos, es porque queremos que nos encuentren según nuestras condiciones.

—Tú no desapareciste —señalé.

—Tal vez lo hice —respondió—. Tal vez lo hago.

En ese momento, sonó el timbre.

—No te va a dejar —me dijo Sofía antes de marcharse—. Si quisiera dejarte, lo sabrías.

Pero yo no estaba seguro de lo que sabía. Ni de lo que percibía.

Por fin, un poco antes del mediodía, recibí un mensaje de Langston.

**La he encontrado. Sana y salva.**

Sabía que Lily todavía no tenía el teléfono encima, a menos que Langston se lo hubiera llevado con él. (No se me había ocurrido preguntar). Pero de todas formas le envié un mensaje de inmediato, suponiendo que lo recibiría cuando llegara a casa.

**Bienvenida,** escribí. **Te he echado de menos.**

Y luego esperé su respuesta.

6

# LILY

## Gansos meneándose

*Miércoles, 17 de diciembre*

No sé por qué, pero no me sorprendí en absoluto cuando subí al barco y vi a mi hermano esperándome.

Langston me envolvió en un abrazo, que era, en parte, una especie de estrangulamiento.

—No vuelvas a asustarnos de esa manera *nunca* más —murmuró.

Mientras el ferry se alejaba del muelle, llevándonos de vuelta a Manhattan, mi hermano llamó a mis padres por videoconferencia.

—¿Dónde estabas? —chilló mamá. Tenía aspecto de no haber dormido en toda la noche.

—Necesitaba alejarme un poco —respondí. No me enorgullezco de tener que informar que, a partir de ese momento, comencé a mentir de forma ininterrumpida. No sé qué es lo que tiene la adolescencia, pero mentir parece ser una necesidad hormonal. Las mismas personas que esperan que actúes como una adulta, luego se vuelven locas cuando intentas independizarte—. Fui a la habitación del pánico del tío Rocco. Me quedé dormida y estaba muy oscuro allí dentro. Me he despertado hace media hora. Siento mucho haberos preocupado.

Había un precedente para esa mentira. En muchos de los viajes anuales a Staten Island para visitar las tumbas de nuestros familiares en el cementerio, yo había acabado alejándome de las peleas con el tío Rocco y escondiéndome en el búnker de la Guerra Fría construido en un sótano secreto en su taller de chapa y pintura, a dos manzanas del cementerio.

¿Qué podía decirles? *Me siento perdida y confundida y no tenía ganas de ir al instituto, así que me fui a Staten Island y asumí una nueva identidad. ¿Lo entendéis? Jahna (la adoraríais: es mucho más interesante que yo) se sintió atraída por un negocio de casas de jengibre preciosas y la situación se volvió un poco extraña después de comerse unas galletas de Magic Mike. Luego Jahna se convirtió en una traviesa máquina de decorar casitas de jengibre con temas de* Frozen, *perdió el conocimiento debido al misterioso ingrediente secreto que volvía mágicas las galletas de Mike, y volvió a despertarse como la Lily aburrida de siempre hace menos de una hora.*

La mentira me relegaría al conocido territorio de «Lily comportándose otra vez de manera excéntrica» y «¿deberíamos mandarla de nuevo a terapia?». La verdad me enviaría de inmediato a un centro de rehabilitación.

—No vuelvas a hacer eso nunca más —exclamó mi padre—. Creo que anoche envejecimos una década por lo que hiciste.

Miré el rostro de mi madre y vi enfado y fatiga, pero también percibí algo más: tranquilidad.

—Estaba preocupada —explicó—. Pero, por algún motivo, confiaba en que estarías bien. Lo sentía. Cuando murió mi madre, y cuando mi primo Lawrence tuvo ese terrible accidente de coche, cuando el abuelo se cayó, supe que algo iba terriblemente mal, incluso antes de recibir las llamadas. Anoche, no tuve ese presentimiento. Por muy asustada que estuviera, sabía que te encontrabas bien, donde fuera que estuvieras.

Probablemente no era el momento de ponerse quisquillosa, pero no pude evitarlo.

—¿No creéis que alertar al canal de televisión NY1 ha sido un poco exagerado? —pregunté.

—Sienten debilidad por ti. Subieron mucho en audiencia tras el incidente en el que rescataste al bebé.

—Eso no es debilidad —indiqué—. Es oportunismo.

—Esperamos hasta el amanecer —intervino mi madre—. Y como seguíamos sin noticias tuyas creímos que alertarlos a ellos haría que salieras de tu escondite. Y teníamos razón. El tío Rocco vio las noticias y llamó para decir que te había visto en la isla.

—Demasiado —insistí.

—No creo que estés precisamente en posición de criticar —señaló ella.

—Hablaremos cuando vuelvas a casa —anunció mi padre—. Reunión familiar.

—Lo siento. En serio —agregué.

Sus rostros desaparecieron del teléfono de Langston cuando finalizó la llamada.

—He viajado en el ferry ida y vuelta cinco veces esperando que aparecieras.

Parecía querer que se lo agradeciera. No lo hice. Estaba muy enfadada con él por estar listo para abandonar el hogar familiar. Quería alegrarme por su felicidad con Benny, pero mi situación me entristecía. Ellos estaban listos. Yo no.

Como no dije nada, Langston agregó:

—Dash me acompañó durante los primeros viajes. También estaba muy preocupado.

—Ah. —Fue todo lo que salió de mi boca. La supuesta preocupación de Dash era igual que su regalo de Navidad. Se comportaba como si quisiera estar a mi lado y luego abandonaba el barco antes de tiempo. Frío, impenetrable. ¿Por qué tenía que ser tan apuesto y cariñoso, pero no estar enamorado?

Dash me complicaba la vida sobremanera. Y yo tenía preocupaciones más acuciantes. Como por ejemplo, ¿a dónde me iría a vivir si se desarticulaba mi hogar familiar?

—Es un tipo aceptable —dijo Langston y mi cabeza dio un giro de casi trescientos sesenta grados por la conmoción.

—¿Así que ahora te cae bien? —pregunté incrédula.

—Ahora lo *tolero* —corrigió Langston.

Todo lo que sabía acerca del mundo se había vuelto del revés, y me sentía confundida y asustada, pero, al mismo tiempo, realmente intrigada por el misterio y la emoción de la nueva dirección que parecía haber tomado mi vida.

—Yo *tolero* que Benny y tú seáis más felices viviendo juntos, situación que no apruebo pero que aun así apoyaré.

—Es lo mismo que siento yo con respecto a tu relación con Dash. —Pausa—. Se preocupa mucho por ti.

*Ese es el problema*, pensé. Yo lo quiero. Dash se preocupa por mí. Era doloroso.

—¿Y entonces por qué no está aquí? —inquirí.

—Tenía que ir al instituto. Al parecer, Dash se toma los estudios con más seriedad que tú en los dos últimos días. —Mi hermano me miró de forma maliciosa y luego preguntó—: ¿Me dirás dónde estuviste de verdad?

—En una orgía de elaboración de casitas de jengibre.

—El sarcasmo no te sienta bien, Lily —comentó—. Si no quieres contármelo, no lo hagas.

Cuando volvimos a casa, mis padres se encontraban en mitad de frenéticos preparativos para marcharse una semana a Connecticut. Mi padre debía cerrar el semestre académico en el internado donde era director, y además, se iba a celebrar la fiesta del inicio de las vacaciones. También iban para que mi madre viera por sí misma cómo era el alojamiento del director, con la expectativa de poder mudarse a las instalaciones del internado el próximo año.

La reunión familiar se terminó en un minuto.

Castigo académico: según las normas del instituto, no podría recuperar el trabajo de los dos días que había perdido por no haber asistido, así que las consecuencias se verían reflejadas en mis notas. Además, me suspendían durante los dos días que faltaban para las vacaciones, algo que no comprendía en absoluto, porque el «castigo» parecía más bien un regalo. ¡Dos días más sin instituto! ¿Y qué si no podía recuperar las clases perdidas? Utilizaría ese tiempo para hornear galletas, pasear perros, hacer regalos de Navidad y llevar a cabo muchísimas más cosas interesantes que estar en el instituto.

Castigo paterno: a excepción de mis obligaciones como paseadora de perros, no tenía permiso para salir hasta Navidad.

Era la primera vez que me castigaban. Ni siquiera sabía qué significaba, técnicamente. Creo que mis padres tampoco, porque me lo comunicaron justo antes de marcharse, convirtiendo al castigo en algo inejecutable. (Decidí no mencionar ese pequeño detalle).

La verdad es que no me sentía tan mal porque mis padres no hubieran dormido durante toda la noche. Yo era una chica de Manhattan. Los desertores que planeaban irse a Connecticut bien merecían la preocupación.

Mi abuelo, sin embargo, no se la merecía.

—Me quedaré con mi hermana durante un tiempo. Aquí hay demasiada conmoción. Ya no tienes que preocuparte de llevarme a las citas con los médicos.

—¡Pero a mí me gusta hacerlo, abuelo! —exclamé.

Se levantó la pernera del pantalón con el extremo del bastón, dejando ver un magullón en la espinilla.

—¿Ves esto? —me preguntó mientras lo señalaba con el bastón.

—¿Qué ha pasado?

—¡Lo que ha pasado es que te has saltado el turno como voluntaria en el centro de rehabilitación! Sadie, de la habitación 506 se ha enfadado tanto por el hecho de que hoy no fueras a leerle que me ha dado una patada.

—Lo siento, abuelo.

—Y he perdido una gran apuesta en la *Rueda de la Fortuna* por no tener al lado a mi amuleto de la suerte.

—Lo siento, abuelo.

—*¡Odio la Rueda de la Fortuna!* Lo único que hace tolerable ver el juego con todos esos viejos chapados a la antigua es que tú lo veas con nosotros.

—Lo siento, abuelo.

¿En qué clase de monstruo me había convertido?

—Estás castigada —exclamó mi abuelo sin mirarme a los ojos. Luego se puso de pie, sujetó su bastón y se alejó renqueando.

Ver que me daba la espalda fue el peor castigo que podría haber imaginado, e hizo que se me desgarrara el corazón.

Cuando me reencontré con mi teléfono en la nueva prisión temporal que era mi dormitorio, vi el mensaje de Dash. **Bienvenida. Te he echado de menos.**

**Yo también te he echado de menos,** respondí.

Me dormí aferrando el teléfono, con mi perro y el gato de mi abuelo dándome calor. Deseé que el calor hubiera provenido de Dash en persona agarrándome con fuerza y no de Dash enviándome un mensaje potente pero sin decir nada.

*Jueves, 18 de diciembre*

Edgar Thibaud estaba sentado en la mesa de siempre en Tompkins Square Park cuando pasé por su lado con mi colección de perros de ese día. Estaba jugando al ajedrez con el campeón del parque, un señor llamado Cyril, que tenía la cabeza llena de rastas mezcladas con mechones de canas y llevaba una boina que le había ganado a Edgar en un torneo, la primavera pasada.

—¿Cómo va, Lily? —saludó Edgar—. ¿Dónde has estado? Esta semana no te he visto ni aquí ni en el centro.

—El parque no es el mismo sin ti y tus perros —comentó Cyril contemplando una hilera de torres en el tablero de ajedrez.

—Pero huele mejor sin esas máquinas de hacer caca —agregó Edgar mientras observaba a Boris de forma acusadora—. Sí, lo digo por ti, amiguito.

Con Edgar, nunca sé si quiero estrangularlo o intentar rehabilitarlo.

—No seas maleducado con mi perro, por favor —le dije a Edgar y Boris manifestó su acuerdo con un ladrido.

—¿Vendrás esta noche a mi fiesta? —preguntó Edgar.

—¿Qué fiesta?

—Mi fiesta anual de suéteres de Navidad.

—¿Celebras una fiesta anual de suéteres de Navidad?

—Sí, desde ahora. Mis padres están en Hong Kong, tengo toda la casa para mí y ya he recogido de la tintorería mi colección de suéteres de Navidad. Es obvio que debo celebrar una fiesta.

—¿Puedo llevar a Dash? —pregunté.

—¿Es necesario?

—Pues… sí.

—Si no hay más remedio —señaló Edgar con un suspiro—. Trae a quien quieras. TPL.

—¿Qué quiere decir TPL?

—¡Tráete a tu propio ligue! —respondió Cyril con una carcajada.

—Créeme, lo hará —comentó Edgar—. El nombre del ligue es Dash. Pero dile que se traiga su propia cerveza.

—Me parece que Dash no bebe cerveza.

—Claro que no. Dios no permita que alguna vez se divierta.

—Era tan buena chica antes de conocerte —le dijo Langston a Dash, que me había pasado a buscar para ir a la fiesta. Yo estaba castigada, pero mi hermano se había puesto al mando durante la ausencia de mis padres. No solo era costumbre que todo saliera mal mientras Langston estaba al mando, sino que también se encontraba en deuda conmigo por todos los años de instituto en que yo lo había cubierto cuando no llegaba por la noche a la hora indicada o metía a sus novios en casa para que se quedaran a pasar la noche.

—Lo dice la persona a la que se le ocurrió la idea del cuaderno rojo la Navidad pasada, y que llevó a Lily a convertirse en una mujer de mala vida —repuso Dash.

Langston me miró y señaló a Dash.

—Eso *sí* que es sarcasmo de calidad. —Miró a Dash—. Tráela a casa antes de medianoche y, si quieres, quédate a pasar la noche.

Dash y yo enrojecimos al instante y cruzamos la puerta dándonos prisa.

—Cuida bien a Boris —le pedí.

Una vez que estuvimos en la calle, Dash me sujetó la mano y comenzamos a caminar.

—¿Así que Edgar Thibaud? —bromeó—. ¿En serio? —No dijo: «Porque tenía un plan mejor. Porque esta noche por fin iba a sorprenderte llevándote a ver *Corgi & Bess*. He alquilado todo el cine para nosotros. Nuestros asientos centrales están cubiertos de pétalos de rosa y hay un pastel de rosquillas con chocolate cayendo por los lados que he encargado para que lo disfrutemos nosotros dos. ¡Solo nosotros dos! ¡Un pastel de rosquillas ENTERO!».

—Edgar trabaja en el centro de mayores de mi abuelo. Lo veo muy a menudo en el parque cuando paseo a los perros. Prácticamente vive ahí.

—¿Sois amigos? —preguntó.

—¿Supongo que sí?

—No entiendo por qué nunca me lo habías mencionado. —No dijo: «¡Me indigna que nunca hayas mencionado tu amistad con Edgar! Me vuelvo LOCO solo de pensar que te ves con él. Todo el mundo sabe que Edgar Thibaud es un cabrón de primera, con ropa de golfista y… ¡es probable que tenga que retarlo a un duelo por tu afecto!».

—¿Te molesta? —pregunté. *Por favor. ¡Que le moleste!*

—Supongo que no —contestó Dash encogiéndose de hombros. Los chicos nunca dicen lo que quieres oír. Probablemente sea la única lección que he aprendido en la vida—. Aunque podríamos ir a casa de tu tía. La Sra. Basil E. me envió un mensaje para invitarnos a cenar y luego jugar a Cartas contra la Humanidad con tu abuelo, con ella y…

—¿Te comunicas por mensaje de texto con mi tía abuela?

—Sí. ¿Te molesta?

—Supongo que no —contesté encogiéndome de hombros. A continuación—: Cartas contra la Humanidad es un juego muy atrevido. —La Sra. Basil E. nunca me había invitado a jugar con ella.

—Lo sé. Por eso me encanta.

Finalmente, había dejado atrás a Lily la Buena.

Hola, Lily la Traviesa. Eres *pura diversión*.

Lily la Traviesa llevaba una minifalda negra con leggings negros, botas altas negras y un suéter muy ceñido que dejaba ver un poco de piel en la zona del ombligo (sí, *del ombligo*) de color rojo, verde y dorado con dos adornos navideños brillantes cosidos alegremente sobre el pecho.

—¿Langston te ha visto así vestida? —preguntó Dash cuando me quité el abrigo justo después de llamar al timbre de la elegante casa de Edgar Thibaud.

—¿Te gusta? —inquirí tratando de poner voz sexy que, en su lugar, brotó desesperadamente aguda. (Lily la Traviesa necesitaba practicar más para adquirir tonos de voz sexys. Su Chillona innata se negaba a morir).

—Supongo que me alegro de que por fin se te haya contagiado el espíritu navideño —afirmó Dash.

—¿Qué suéter te has puesto?

Se abrió el abrigo y dejó al descubierto… un suéter verde liso de cuello redondo con una camisa blanca asomando por él.

—Eso no es un suéter navideño —acoté.

—No te has fijado bien. —Estiró el cuello de la camisa y, al observar con más atención, distinguí una frase de *Cuento de Navidad* de Dickens escrita alternadamente con tinta roja y dorada con la letra de Dash en el borde de debajo del cuello: «Para empezar, Marley estaba muerto».

La puerta se abrió mientras curioseaba el cuello de Dash. Desde el otro lado de la puerta, Edgar anunció:

—Los tortolitos ya han empezado con las demostraciones públicas de afecto. Y ni siquiera se ha servido todavía el ponche de huevo.

—Yo no hago demostraciones públicas de afecto, Edgar —exclamó Dash apartándose de mí y cerrándose el abrigo.

—Claro que no —dijo Edgar mientras le guiñaba un ojo—. Bienvenido, juerguista. —Me observó de arriba abajo—. Me encanta tu suéter, Lillers.

Edgar llevaba un suéter con la cara de Jesús con un sombrero de cumpleaños en forma de una porción de pizza de pepperoni boca abajo y la palabra CUMPLEAÑERO escrita sobre el pecho del Elegido. Lo había combinado con unos pantalones a rombos rosados y grises y botas de montar blancas y negras. Era imposible exagerar lo burdo de su atuendo, combinaba tan poco como Edgar con su propia casa.

Sus padres pertenecen al uno por ciento del uno por ciento de la población, son gerentes de fondos de cobertura con trillones de dólares y nada de tiempo para dedicar a su hijo. La Sra. Basil E. también vive en una casa señorial, pero la de ella es húmeda, con pretensiones artísticas y bastante destartalada. Muy acogedora. La de Edgar es como la de las portadas de las revistas de arquitectura, con mobiliario sobrio y minimalista y obras de arte de millones de dólares en las paredes. Muy fría e intimidante.

—«¿Lillers?» —me susurró Dash al oído mientras subíamos los escalones de mármol para entrar en la casa—. Por favor.

—Vuestros amigos ya están aquí —señaló Edgar—. Son muy agradables. Ya han probado el ponche de huevo, como podréis ver.

Y allí, en mitad del salón, estaban Boomer y Sofía con suéteres de pavos de Navidad a juego, bailando al estilo *dirty dancing*, mientras una canción de hip hop resonaba a todo volumen desde unos altavoces invisibles. Reían y se besaban mientras bajaban el cuerpo casi hasta el suelo sacudiendo y chocando los traseros, la comodidad y la alegría que existía entre ellos era evidente. Ojalá Dash y yo fuéramos como ellos. Se meneaban solo por el placer de menearse, sin darle ninguna importancia a quién los observaba porque estaban demasiado enredados (literalmente) entre ellos.

—¿Ponche de huevo? —le ofreció Edgar a Dash—. Con un toque de un Jack Daniel's Sinatra Century, Edición Limitada, de mi padre.

—¡Sí, por favor! —respondió Lily la Traviesa. Miré a mi Joven de Ojos Azules (Dashiell) esperando que pudiéramos dar rienda suelta a algunas travesuras. Chocar nuestras copas espumosas y luego compartir un beso con sabor al Sinatra Century, Edición Limitada. O veinte.

—No, gracias —respondió Dash. *Buu*, MALDITA SEA.

Con voz infantil, Edgar le preguntó a Dash:

—¿Tal vez el bebé prefiere un yogurcito?

Dash se tocó el costado de la nariz y le preguntó a Edgar:

—¿Al nenito le cuelga un moquito de la naricita?

No vi que tuviera nada en la nariz, pero Edgar cayó en la trampa, se sacó un pañuelo del bolsillo de sus pantalones a rombos y se sonó la nariz. Luego comentó:

—Chicos, ¿queréis jugar luego a hacer girar la peonza? Los ganadores podrán acostarse en la habitación de mis padres debajo del cuadro de Motherwell. Ja, ja. Un poco picantón, ¿no?

Nuestro anfitrión se fue a buscar la botella de ponche de huevo mientras Dash y yo inspeccionábamos la sala. La fiesta estaba en su máximo apogeo, sí… pero no había más que un puñado de personas, una colección de gente que no tenía nada que ver entre sí. Dash, yo, los sensuales Boomer y Sofía, Cyril repitiendo los pasos de las discotecas de la década de los 70 con Isabella Fontana, una editora retirada de libros de cocina y una de mis clientas, que debería llevar más cuidado por su reciente operación de cadera, y algunos chicos coreanos borrachos bailando la samba, a los que reconocí de la videollamada urgente de Edgar, la cual había precipitado mi viaje introspectivo a

Staten Island. Los invitados oscilaban entre los diecisiete y los setenta y llevaban suéteres con muñecos de nieve, ángeles, Santas, elfos, renos y gatos navideños. Edgar se apoyó contra la pared, frente a la mesa que tenía en el centro una escultura de hielo de dos pavos besándose, y admiró el extraño revoltijo de personas con diferentes suéteres. Nunca me había parecido que estuviera tan solo como en su propia casa. Un príncipe sin reino.

—Preferiría ir a algún lugar más privado —señaló Dash—. Donde podamos charlar. Tengo que decirte algo importante.

Ahí fue cuando lo supe: Dash iba a romper conmigo. Por fin iba a romper este incómodo callejón sin salida en el que nos encontrábamos.

—¿Bailamos? —propuse, intentando aferrarme a él por última vez.

Comenzó a sonar una versión R&B de *Let it snow* y la cantante entonaba suavemente «Ohhhh, come over here and help me trim the tree / I wanna wrap you up».

—¿Por favor? —le pedí a Dash. Quería recordar ese último momento abrazada a él.

Tenía un aspecto tan alto y rígido, parecía incómodo. Pero luego se acercaron Boomer y Sofía y nos condujeron hacia el centro de la sala. Ellos comenzaron a bailar lentamente y luego, detrás de ellos, Dash me colocó los brazos alrededor de la cintura, yo le coloqué los míos sobre los hombros, y bailamos.

Estaba mareada de la emoción. Sabía que Dash odiaba bailar y lo quise por hacerlo de todas maneras. Mi corazón dio un vuelco de alegría mientras apretaba mi cuerpo contra el suyo, y me pareció oír su corazón latiendo contra el mío. Era tan agradable que no quería soltarlo nunca. Tenía que decirle que lo quería (correr el riesgo, superar mis inseguridades y mis dudas acerca de la imposibilidad de nuestra relación) antes de que fuera demasiado tarde.

—Tengo que decirte algo —le susurré al oído.

—Yo también tengo que decirte algo —susurró.

Tenía que decírselo. Tenía que hacerlo.

Y justo cuando se lo iba a decir vi que Dash le echaba un vistazo fugaz a la sensual Sofía con una mirada que yo siempre deseé que me dirigiera a mí. De puro deseo. Intento no tenerle celos a la naturalmente divina Sofía y olvidar el hecho de que Dash y ella fueron novios; pero no siempre lo consigo.

Así que hablé primero.

—Creo que deberíamos romper.

# 7

# DASH

## El canto del cisne

*Jueves, 18 de diciembre*

Y yo dije:

—No.

*Miércoles, 17 de diciembre*

Como no recibí noticias de Lily tras su misterioso regreso de Staten Island, revisé todos los mensajes de texto que había intercambiado con Langston y un nombre destacó entre todos los demás:

*Edgar Thibaud.*

¿Por qué me había preguntado Langston acerca de él?

¿Qué significaba para Lily?

Sabía que tenían un pasado desagradable. Sabía que él había intentado apropiarse de su cariño cuando mis sentimientos por ella acababan de florecer.

Y por encima de todo, sabía que era el Rey de los Idiotas.

Supongo que podría haberle preguntado a Langston… pero solo hacía un día desde que habíamos descubierto nuestro respeto mutuo y no quería ponerlo a prueba.

En algún momento, Lily había mencionado que Thibaud había recibido una orden judicial para realizar trabajos comunitarios en el centro donde su abuelo hacía la rehabilitación. Así que después del instituto, decidí recurrir a las fuentes.

*Jueves, 18 de diciembre*

—¿Qué quieres decir con «no»? —preguntó Lily—. ¿A ti qué te importa?

Intentó apartarse.

No la solté.

*Miércoles, 17 de diciembre*

Thibaud tenía el don de conseguir que los profesionales fueran tan olvidadizos como los pacientes. Cada uno de los enfermeros me había dado una respuesta diferente cuando les pregunté por su paradero. Ninguna de las respuestas era correcta.

Finalmente, una Sonriente Sadie con un bastón rosa se apiadó de mí.

—¿Buscas al agitador? —preguntó con voz ronca.

No tenía ninguna duda de que era así, y se lo dije.

—Bueno, entonces ve a mirar en la sala del conserje, entre la 36A y 36B. Suele estar allí para eludir el trabajo. Pero ten cuidado… ese es como tener la dentadura postiza floja. No lo dejes salir si no quieres que se te escape.

Por la forma en que lo dijo, la Sonriente Sadie daba la sensación de ser una mujer a la que habían abandonado en el altar.

Tuve que esquivar varias sillas de ruedas y a un montón de gente mirando la *Rueda de la Fortuna* antes de encontrar la sala de la que ella hablaba. Una vez que llegué, no supe si debía llamar a la puerta. Luego oí los sonidos que provenían del interior y supe que tenía que tratarse de Thibaud.

Abrí la puerta de golpe.

Lo que encontré me resultó extremadamente perturbador. Thibaud estaba viendo porno en el móvil. Era un vídeo de dos mujeres, un caballo y un hombre que se parecía de manera asombrosa a Donald Trump. Al mismo tiempo, estaba fumándose un cigarrillo y tirando la ceniza en un orinal. Tenía los pies apoyados en el escritorio del conserje.

—¡Estoy seguro de que esto supera el límite de los vicios que pueden disfrutarse a la vez! —anuncié con mi tono de voz más autoritario. Sobresaltado, Thibaud se levantó y apagó el teléfono.

—¡Qué mierda…! —gritó. Luego vio que era yo y no pareció tan asustado—. Ah, Dash. ¿Qué? ¿Pensabas que tu novia desaparecida estaba aquí dentro conmigo?

No me gustó su insinuación y se lo dije. Luego agregué:

—Además, ya ha aparecido.

—¿La has visto? —me desafió. Después, antes de que pudiera mentir, apagó el cigarrillo en el orinal y comentó—: Eso pensaba.

Antes de que pudiera contestarle, abrió la puerta y salió rápidamente al pasillo. Lo seguí.

—No te escaparás —advertí. Pero se escapó hacia la sala de TV, ignorándome por completo.

—¿Alguien necesita algo? —les preguntó a los ancianos que se encontraban allí.

—¡Una vocal! ¡Necesito una vocal! —gritó una señora de pelo azul señalando el televisor.

«C_ _ _ E_ _E _ _ _ _Ó_ », aparecía en la pantalla.

—¡Crepes de salmón! —trinó la mujer de pelo azul.

—¡Crepes de morrón! —gritó un hombre en una silla de ruedas.

—¡Crepes de pasión! —gritó un hombre vestido de pana.

—¿Qué carajo son los «crepes de pasión»? —preguntó irritado el hombre de la silla de ruedas.

—Je, je —rio el hombre con ropa de pana—. No los recuerdas, ¿verdad?

—¿Por qué le envías mensajes a Lily? —le pregunté a Thibaud—. ¿Qué relación tienes con ella?

—¿Por qué me lo preguntas a mí y no a ella? —disparó.

«C_ _ _ E_ DE _ _ _ _Ó_ ».

—Clases de sermón —chilló la mujer de pelo azul.

—Clases de ladrón —insistió el hombre de la silla de ruedas.

—Clases de perdón —escupió el hombre con ropa de pana.

—¡Eres una vergüenza de novio! —espetó Thibaud dándose la vuelta hacia mí—. Un pésimo ejemplar de novio. Eres como el beige de los novios. Eres como el *yogur natural* de los novios.

—¿Acaso Lily te ha dicho eso?

—¡Por supuesto! —respondió con una brillante sonrisa.


*Jueves, 18 de diciembre*

No podía creer que hubiera dicho eso. Ni tampoco que lo hubiera dicho en serio.

«Creo que deberíamos romper».

Estaba confundido.

Molesto.

Irritado.

—Lo estás entendiendo mal —le dije—. Estás entendiéndolo *todo mal.*

*Miércoles, 17 de diciembre*

La sonrisa de Thibaud era demasiado amplia. Sabía que estaba mintiendo.

—¡Déjala en paz! —le advertí—. ¡Deja a Lily en paz!

—¿O qué? ¿Me estrangularás con tu vocabulario? ¿Me golpearás con la potencia de tu ingenio?

Se había hecho un silencio mortal en la sala. Miré la pantalla. «CÁNCER DE PUL_ÓN».

Dios mío.

—¡Rétalo a un duelo! —me gruñó el hombre de la silla de ruedas.

—¡Vamos! —exclamó con dificultad el tipo con la ropa de pana—. Dale una paliza a ese zorro desgraciado. ¡Siempre me roba el maldito puré de manzana!

—Está bien —exclamé. Luego me volví hacia Thibaud y anuncié—: Te reto a un duelo.


*Jueves, 18 de diciembre*

—¿Cómo puedes decir eso? —gritó Lily. Todos nos estaban mirando. Luego, de manera absurda, agregó—: *¡Y ese ni siquiera es un suéter navideño!*


*Miércoles, 17 de diciembre*

—¿Y cómo sugieres que nos batamos a duelo? —preguntó Thibaud con indiferencia.

Les eché una mirada a los ancianos.

—Trae las pistolas —ordenó el Sr. Pana—. ¡Vera, TRAE LAS PISTOLAS!

La mujer de pelo azul asintió y luego lentamente (muy lentamente) se levantó de su asiento. Después se dirigió lentamente (muuuuuy lentamente) a un rincón donde había una cómoda que usaban los nietos que venían de visita. Luego, muuuuuuuuuuuuy lentamente, hurgó en el fondo y extrajo un par de pistolas de agua.

Después se encaminó a la pequeña cocina y las llenó de zumo de tomate.

—Mancha más —explicó.

Nos entregaron las pistolas. El hombre de la silla de ruedas vigilaba la puerta.

—Diez pasos —nos indicó el señor de la pana.

De forma solemne, nos colocamos espalda contra espalda.

La mujer de pelo azul comenzó a contar.

*Uno. Dos. Tres. Cuatro. Cinco.*

Nos fuimos alejando cada vez más.

*Seis. Siete. Ocho.*

Lo estaba haciendo por Lily.

*Nueve.*

No pensaba desperdiciar mi disparo.

*Diez.*

Me di la vuelta. Lo apunté. Apreté el gatillo al mismo tiempo que él.

Ambos… lanzamos un débil chorrito de agua.

Alguien había olvidado darles Viagra a nuestras pistolas.

—¡GRRRRRRR! —aulló Thibaud lanzándose hacia mí.

—¡Ahhhhhh! —aullé yo echando a correr.

Aparté al Hombre de la Silla de ruedas y salí al pasillo.

La Sonriente Sadie estaba dando una vuelta y emitió un chillido cuando me vio precipitarme hacia delante empuñando la pistola. Yo quería que Thibaud disparara mientras corríamos, que vaciara el cargador de zumo de tomate. Pero él se lo estaba reservando para cuando se encontrara más cerca.

No pensaba convertirme en su presa.

—¡Por el amor de Dios y Lily! —proclamé adoptando mi mejor pose de Han Solo y disparando la pistola.

Esta vez, el gatillo funcionó y el zumo de tomate salió volando hacia delante.

Por desgracia, al proclamar mi ataque, le había dado tiempo a Thibaud de esquivarlo.

—¡No tan rápido, cobarde! —rugió. Amagué hacia la izquierda y me moví hacia la derecha. Falló el tiro.

A estas alturas, un celador llamado Caleb vio el gazpacho volando hacia el techo y puso el grito en el cielo. Thibaud realizó otro disparo y yo lo intercepté con una bandeja del comedor. Pero esto me bloqueó el tiro, así que tuve que soltarla.

Thibaud levantó de nuevo su pistola. Corrió hacia delante y se resbaló con los charcos que habíamos dejado.

Desde algún lugar de las más oscuras profundidades de mi alma, desenterré la frase de alguna canción:

—¡Cariño, ha llegado tu hora!

Thibaud gritó. El celador Caleb gritó. La Sonriente Sadie exclamó:

—¡Vera, no puedes perderte esto!

Apunté. Se retorció. Disparé.

*Centro de la diana.*

Mientras él quedaba empapado, yo me resbalé y patiné. Me aferró las piernas. Me tambaleé y caí.

Me aseguré de aterrizar sobre él.

—Hablando en serio —mascullé una vez que recuperamos el aliento por el golpe—, te he ganado.

—Está bien, has ganado —admitió Thibaud—. ¿Qué tengo que hacer?

—Tú —gruñí— vas a organizarnos una fiesta.

*Jueves, 18 de diciembre*

—No ves lo que tienes delante de las narices —le dije—. Para empezar, esto *sí* es un suéter navideño. Solo porque no sea llamativo, solo porque no tenga guirnaldas ni luces ni un gran reno malote no significa que no sea un suéter navideño. La verdad no tiene que anunciarse. Lo único que necesita la verdad es ser cierta.

—¿Qué haces? —preguntó Lily con aspecto de estar muy perdida—. ¿Por qué haces esto?

Finalmente, pude decirle lo que había querido decirle desde el principio.

—Lily, esto es una intervención.

—¿Una intervención? —preguntó completamente confundida.

—¡Una intervención divina! —gritó Boomer—. ¡Pero no en el sentido de Divine, de la película *Pink Flamingos*!

—Lo que quiere decir Boomer —continué— es que todos hemos venido por ti. Bueno, creo que algunos de los amigos de Thibaud han venido por la cerveza. Pero los demás queríamos que te lo pasaras bien. No… olvida eso. No queríamos que te lo pasaras bien, queríamos que te *sintieras* bien. Y yo pensé que te lo estabas pasando bien, lo cual (y corrígeme si me equivoco) no parece ser un preludio adecuado para romper conmigo.

Le eché una mirada a Sofía buscando la confirmación de que estaba haciendo las cosas bien. Ella asintió levemente.

—¿*Tú* estabas enterado de esto? —preguntó Lily volviéndose hacia Thibaud.

Thibaud intentó desentenderse de la cuestión.

—Podría decirse que me convencieron a punta de pistola. Pero no importa. Como leí una vez en el cubículo de un baño: «Para pasarlo bien, llama a Edgar». ¿Cómo iba a resistirse tu novio entre comillas?

—¡Si no quitas esas comillas, la próxima vez el duelo será con espadas! —lo amenacé, tal vez demasiado confiado en mi talento con las espadas.

—¿Os habéis batido en duelo? —preguntó Lily.

—Sí, y si lo hacemos de nuevo, será…

—¡NO LO DIGAS! —gritó Thibaud.

—… un duelo dual —completé con satisfacción.

—¡Dash! —chilló Boomer—. ¡Esa no es la cuestión!

—Sí, no es la cuestión —proseguí volviéndome hacia Lily—. La cuestión es que no quiero que rompas conmigo. De hecho, lo que quiero que hagamos es exactamente lo opuesto a alejarnos el uno del otro.

—¡Chocar el uno con el otro! —propuso Boomer.

Tanto Lily como yo nos estremecimos ante las palabras utilizadas por Boomer. Me pareció que era una buena señal.


*Viernes, 19 de diciembre*

Nos encontramos en el parque para darle a la tarde la forma de un paseo. Yo había tenido que ir al instituto. Ella había tenido que escaparse, porque estaba castigada.

Caminamos hasta los lagos de los patos en el extremo del parque. Recordando al autor que nos había unido (de alguna manera), yo iba a comentarle que siempre me preguntaba a dónde iban los patos al llegar el invierno. Porque se suponía que no habría ningún pato, no en esta época del año.

Pero esta vez, había un cisne. Un solo cisne.


*Jueves, 18 de diciembre*

—Ya es hora de que vuelvas a casa —le señalé después de mirar el reloj. Luego sonreí—. Pero siempre hay tiempo para un baile más, ¿verdad?

Y entonces Thibaud puso la canción más estúpida del momento, un R&B llamado *Santa Claus no se siente la cara*.

*Mucha nieve, hermana*
*Y Santa Claus no se siente la cara*
*El viento sopla con fuerza, hermana*
*Y Santa Claus no se siente la cara*

Thibaud esbozó una amplia sonrisa: uno nunca debería dejarle los detalles al demonio, pero no iba a disuadirme tan fácilmente. Envolví a Lily entre mis brazos… y su suéter era tan ajustado que sentí que la estaba tocando, sin ninguna capa de ropa. La música del cuerpo fue encontrando el ritmo.

—¡Esta canción es horrible! —exclamó Lily.

—¡Solo quiero compartirla contigo! —juré.

*La nieve cae por la chimenea*
*La Navidad blanca que soñaste*
*Y Santa Claus no se siente la cara*
*Pero continúa su viaje*

*Viernes, 19 de diciembre*

—¿Lo ves? —exclamé, pero claro que Lily veía el cisne. Con cuidado, nos acercamos. Hacía frío suficiente como para llevar guantes y envolví su mano enguantada con la mía.

—¿Qué hace aquí? —preguntó Lily.

—¿Se habrá perdido? —sugerí—. O tal vez solo quería ver las vidrieras de Bergdorf de la Quinta Avenida como cualquiera.

El cisne nos vio. Se deslizó por la superficie del lago descongelado contemplándonos con fría curiosidad.

Lily me soltó la mano para poder tomarle una foto.

Pero antes de que pudiera hacerlo, el cisne comenzó a cantar.

*Jueves, 18 de diciembre*

La canción concluyó. Yo me quedé abrazado a Lily, al menos unos segundos más. Luego el momento se volvió raro, ya que Thibaud nos dejó en mitad del salón y no puso otra canción.

—Me retracto —dijo Lily.

Pero la cuestión era que no sonaba segura.

De todas maneras, dejé que se retractara.

¿El único problema al retractarse de algo?

Que seguía escondido en algún lugar.

*Viernes, 19 de diciembre*

El cisne comenzó a cantar y no era ni un graznido ni un gañido ni un canto fúnebre. Tenía melodía. Era algo entre un lamento y un aleluya.

Cuando terminó, aplaudí. Como llevaba guantes, no se oyó demasiado.

Lily se mostró preocupada.

—¿Qué pasa? —inquirí.

—Se va a morir. Entona una canción bonita… y luego se muere.

—Es solo una frase —comenté.

El cisne nos ignoró de nuevo y continuó nadando. Permaneció sobre la superficie.

*Sábado, 20 de diciembre*

A la mañana siguiente, Lily desapareció otra vez.

8

# LILY

## LA CRIADA LILY ORDEÑANDO

*Sábado, 20 de diciembre*

Has desaparecido otra vez, decía el mensaje de mi hermano.

No respondí.

Esta noche me quedo en casa de Benny. Estamos haciendo planes para nuestro nuevo apartamento y no saldré a buscarte.

Tampoco respondí.

Veo los tres puntitos. Sé que has leído el mensaje.

*Hermano acosador*, una nueva película por mensaje de texto, disponible en iMessage.

Esto se está volviendo irritante, Lilita. Estás cruzando esa delgada línea entre adorable e insoportable.

Eso es lo que siempre les dicen los adultos a todos los adolescentes.

Mi hermano estaba listo para mudarse a su nuevo apartamento. Ya era uno de ellos.

Puse los ojos en blanco y apagué el teléfono.

No estaba desaparecida.

Estaba perdida.

Faltaban cinco días para Navidad y debería estar cada vez más entusiasmada, pero lo único que sentía era pesimismo. Todavía tenía que hornear mis galletas Lebkuchen favoritas, recorrer los puestos navideños de Union Square e ir a patinar a la pista de hielo de Central Park: estos eran los números dos, seis y ocho de mis diez tradiciones favoritas de Navidad, que anunciaban la llegada del Gran Intercambio de Regalos (número uno, obviamente) del 25 de diciembre. Ni siquiera había hecho la lista de regalos. No me había unido a las excursiones de mi grupo de cantores de villancicos… y eso que yo era la fundadora.

Me habían hecho una intervención debido a mi tristeza navideña, lo cual me había entristecido aún más.

Mi abuelo había plegado velas y se había mudado con su gato a casa de su hermana, y yo lo había permitido y no había corrido tras él para rogarle que se quedara con nosotros o que me perdonara por preocuparlo cuando me fui a Staten Island, o al menos para rogarle que me dejara al gato.

Ya no sabía quién era.

Dash sabe lo mucho que odio ver sufrir a los animales y sin embargo no le conté lo triste que me había resultado nuestra visita al cisne del parque. Tras aquello me sentí casi enferma, pero, al terminar el paseo, no le dije nada, excepto: «Nos vemos, supongo». No nos entendíamos y yo ya no podía fingir más. Tenía que marcharme.

Lo estás entendiendo *todo mal.* Las palabras de Dash se repetían dentro de mi cabeza, del mismo modo en que el tipo mezquino de *Alvin y las ardillas* gritaba «Alviiiiiin» para llamar su atención.

Lo estás entendiendo *todo mal*.

*¡Alviiiiiin!*

Lo estás entendiendo *todo mal*.

*¡Alviiiiiin!*

Por favor, cerebro de Lily. CÁLLATE.

Estaba casi tan irritada como para volver a encender el teléfono y corregir a Langston, para recordarle que yo tenía un perro y perros que pasear, y nunca los abandonaría de forma voluntaria. Podría ignorar a las personas que me rodeaban, pero nunca olvidaría mis responsabilidades con mis bebés peludos. A Boris no solo lo había paseado temprano por la mañana, sino que lo había llevado a correr durante un buen rato y a jugar al parque de la Isla Randalls, donde los perros pueden ir sueltos. Aquello requirió dos viajes muy caros en taxi porque la dirección general de tráfico de la ciudad de Nueva York solo permite que las mascotas viajen en transporte público si «están encerradas en un contenedor y llevadas de manera que no molesten a los otros pasajeros». Boris podía soportar la primera parte; la segunda, no. Así que ahora había dos taxistas molestos por los problemas del gran Boris y sus pequeños pedos y constantes babas, y por el intercambio de billetes húmedos y olorosos de mi bolso, sobre el cual Boris había estado sentado durante los viajes. Pero estaba tan cansado de la excursión que dormiría el resto del día y no percibiría mi ausencia, así que ¿por qué le preocupaba a mi hermano que no estuviera en casa y no le dijera a dónde había ido?

Y, hablando en serio, si mi familia hubiera llamado a mis clientes, que habían recibido esta mañana detallados mensajes con el aviso de que no estaría disponible en el día de hoy junto con una lista de paseadores responsables alternativos, sabrían que no había desaparecido. Desaparecer implica haberse marchado de manera no intencionada. Como cuando alguien ingiere de forma accidental figuritas de jengibre con alucinógenos y luego su día de descanso intencionado se transforma en una desaparición legítima de una noche.

Tal vez ese sea mi problema de verdad. No que esté perdida sino que me haya convertido en una adicta y ansíe más experiencias descontroladas. Peligro. Riesgo. Más Jahna y menos Lily.

Suspiré y vi mi aliento en el aire frío del vagón. Por fin había llegado el invierno helado, el que era cruel. Cortante, con temperaturas de un solo dígito, que hacían que el tren avanzara lentamente por problemas de señalización, y que las pocas personas que estaban en el vagón apenas caldeado se acurrucaran bajo sus abrigos, se enrollaran con fuerza las bufandas en la cabeza y el cuello y se frotaran las manos enguantadas. Nadie hablaba; solo castañeteaban los dientes y tiritaban.

El aire parecía tan frío como mi corazón. Contemplé por la ventana el sol de la tarde, que brillaba intensamente como diciendo: «Aquí estoy, el maestro de la luz, tan grande y poderoso que puedo no irradiar calor alguno si decido hacerlo y, solo para ser malvado, impediré la caída de cualquier tipo de nieve que acompañe a este frío glacial. ¿Quién es el dueño del invierno? ¡Yo! ¡Que os den, seres humanos del noreste del Atlántico!».

Quería llorar pero temía que las lágrimas se me congelaran en la cara. Dash tenía razón. Lo estaba entendiendo *todo mal*. No sabía cuáles eran sus intenciones en absoluto y ni siquiera podía romper con él de manera convincente, porque me había convertido en un desastre y una neurótica que lo quería demasiado como para insistir en que me dejara ir, por el bien de los dos.

El metro se detuvo en la siguiente estación. Al principio pensé que me lo había imaginado, así que me quité las gafas, las limpié con un pañuelo de papel y volví a ponérmelas. Sin ninguna duda, el cartel del andén del Metro Norte decía PLEASANTVILLE. ¿Se trataba de un lugar de verdad? *¿Villaplacentera?* Y si era así, ¿por qué estaba subiendo al vagón un ejército de Santas enfadados, borrachos y ruidosos? Y me refiero a todo tipo de Santas: hombres, mujeres, jóvenes, viejos, gordos, delgados… desde Santas con el disfraz completo y largas barbas blancas hasta otros prácticamente desnudos, casi *strippers*. Y lo que resultaba aún más perturbador: a esos Santas los seguían un alegre grupo de cantores de villancicos que se lanzaban petacas con aguardiente mientras entonaban una cancioncilla que, estoy segura, no encajaba muy bien con los disfraces victorianos de los cantores.

*Los niños lloran*
*Los renos mienten*
*Solo la esposa sabe qué sienten*
*Y Santa Claus no se siente la cara*

Ya basta con esa canción. Es peor que *Alviiiiiin*. Es muy poco respetuosa. ¡Y tan pegadiza!

El conductor del tren subió detrás de la ola de Santas y anunció:

—¡Próxima estación, Chappaqua! —Al ver que ninguno de los pasajeros que había subido se movió, advirtió en voz más fuerte—: Los que *crean* que se han subido al tren que va a Manhattan deberían saber que ese tren está *en el otro andén*. —Como nadie se apeó, hizo otro intento—: Este tren no va a Manhattan. A menos que se dirijan hacia el norte, deben bajar ahora. Última estación, Wassaic. —Los Santas y los cantores se acomodaron en los asientos—. Mierda —exclamó el conductor y abandonó el vagón.

Un cantor mayor de sesenta años, vestido con una chaqueta y un sombrero de la era victoriana, se sentó a mi lado.

—Feliz Navidad, querida. Soy Wassail de Wassaic. —Su aliento olía a Jack Daniel's de Tennessee (y no la elegante variedad de Sinatra Century, Edición Limitada).

No estaba segura de si se trataba de una broma, y resulta difícil obtener una respuesta sincera de un hombre borracho de pies a cabeza. Así que, aunque el conductor del tren había sido muy claro, yo también lo intenté. No estaba tan perdida como para no saber qué día era. Tratando de ayudar, le dije a Wassail de Wassaic:

—Si van a la SantaCon, tienen que subirse al tren que se dirige a Manhattan. En el otro andén.

—*Estábamos* en el tren que va a Grand Central hace un par de horas —señaló riendo mi compañero de asiento—. Nos echaron en Mount Kisco.

—Pero esto es Pleasantville.

—Es cierto. Llegamos hasta aquí recorriendo bares y luego decidimos volver a la ciudad. Pero hubo una pequeña pelea entre los Santas y los cantores… lamento decir que, este año, hay mucha guerra entre bandas. Y el jefe a cargo de la brigada de Wassaic decidió que era mejor que abandonáramos nuestra misión por completo.

—Mejor terminar desmayado en la línea Metro Norte que despertarse en la cárcel, ¿no? —pregunté.

—Ah, eres una pícara muy lista —comentó con la apariencia y el tono más parecidos al de un libidinoso duende irlandés que a un galán inglés de la época victoriana.

Una Señora Claus gótica con un piercing en el labio, dilataciones en las orejas y el pelo negro peinado en punta asomó la cabeza por encima del asiento que teníamos delante y señaló a mi compañero de asiento.

—Deja de comportarte como un idiota, Wassail. ¡No coquetees con una niña!

—¡No estoy haciendo nada semejante! —protestó Wassail, indignado.

—¡Claro que sí! —exclamó un pelotón de Santas alrededor de nosotros.

—No soy una niña —balbuceé.

No quería que la guerra de bandas se descontrolara, así que, al fin, la pequeña Lily de antaño salió de su estado de shock y dejó de resistirse al espíritu navideño. Si había algo que se le daba bien, era arreglar los problemas cantando villancicos.

*¡Aquí venimos brindando / Entre las hojas tan verdes!*

La Señora Claus gótica me lanzó una mirada demoníaca, pero los cantores victorianos se pusieron a cantar de inmediato.

*Aquí venimos errando / Tan hermosos de ver.*

Era imposible no advertir el cambio de humor, de frío, ebrio e inquieto, a frío, ebrio y casi festivo.

Al menos la mitad del vagón (incluyendo a varios Santas) se unió al coro.

*El amor y la alegría llegan a ti / Y también a tu bebida, / Y que Dios te bendiga y te envíe / Un Feliz Año Nuevo.*

Wassail de Wassaic se puso de pie e hizo una reverencia al final del verso, como si lo hubieran escrito solo para él.

Nadie siguió cantando después del segundo verso. La Vieja Lily (alias Lily Tercer Verso) habría continuado, pero fue interrumpida por una señora con un vestido victoriano, a quien le habían arrancado la cofia de la cabeza. Esta le soltó una repentina y fenomenal bofetada a un Santa Claus rollizo con la cara roja y unas alas de ángel en la espada.

—¡A ver si Santa Claus se siente la cara ahora! —le chilló Vicky al Santa Claus gordo y angélico.

—¡Pelea! ¡Pelea! —entonaron los borrachos.

A mí me gustan los borrachos, pero los que son alegres, no los que se pelean.

Quería irme con mi madre desesperadamente.

Bajé del tren en Wassaic, al final del recorrido. Wassail de Wassaic y su infeliz banda de Santas y ruidosos cantores no se bajaron conmigo. Los habían echado varias estaciones antes.

Mi madre me esperaba en el aparcamiento, tiritando dentro de su coche de alquiler.

—Tu tren ha llegado una hora tarde.

—El frío intenso ha causado retrasos —expliqué—. Y también algunos Santas borrachos a los que han tenido que echar del tren.

—¿Hoy era la SantaCon? —preguntó mi madre en referencia a la convención de Santas que se realizaba todos los años cerca de Navidad—. Buen día para alejarse de la ciudad. Como si las calles no estuvieran ya lo bastante atestadas en esta época del año. Al principio, eran bonitos. Ahora, son una molestia.

Distinguí el extremo de un vestido de fiesta asomando del abrigo largo y grueso de mi madre y vi que llevaba tacones elegantes en los pies. Tenía lugares más importantes en donde estar, pero yo me encontraba atravesando una crisis existencial. Yo la necesitaba más.

—Gracias por venir con tan poco tiempo de antelación. No les has dicho nada a papá ni a Langston, ¿verdad?

Mi madre meneó la cabeza. No podía decirme que no de manera rotunda porque ambas sabríamos que estaba mintiendo, como cuando me juró que no les había contado nada cuando me puse mi primer sujetador y me vino la primera regla, pero claro que se lo había contado.

—Tengo una hora como mucho —advirtió—. Tu padre se ha reunido con unos patrocinadores, así que no hace falta que esté ahí, pero debo volver a tiempo para la fiesta de profesores, si pretendo estar casada todavía cuando termine. Así que a menos que quieras acompañarme y permitir que te exhiba como la hija del director, tendré que enviarte de vuelta a Manhattan en una hora.

—Entiendo. —Junto con mis otros errores recientes, había conseguido que mi madre desperdiciara su precioso vestido de fiesta al hacer que se sentara en un coche con una Lily malhumorada—. Estás muy guapa. —Mi madre suele llevar leggings y camisetas amplias con el pelo en un moño sin cepillar, pero cuando se pone un poco de rímel y pintalabios y se arregla el pelo, está guapa de verdad.

—Gracias. Te he traído esto. —Me alcanzó un café en un vaso de papel con una galleta de miel encima.

—¿Es café? El vaso está frío. —Mi madre estaba siendo muy cariñosa conmigo, aun cuando no me lo merecía, así que no entendía el porqué de mi actitud quejosa, más allá de mi crisis existencial *y* de que era una chica horrible y con mal genio.

—Por desgracia, sí. Antes de que llegara tu tren, había una sofisticada camioneta de café al otro lado de la calle. Estaban preparando bebidas navideñas para los pasajeros que se dirigían a la ciudad. He comprado los dos últimos lattes de jengibre antes de que cerraran.

—¿Y dónde está el tuyo?

—Estaba tan rico que me lo he terminado exactamente en un minuto. Dirás lo que quieras acerca de los hípsters, pero esos barbudos con tirantes saben muy bien cómo se prepara una bebida artesanal.

—Tiene un aspecto raro para ser un latte —señalé mirando de manera sospechosa la sustancia cremosa que había en el vaso.

—Deja de hacer muecas y pruébalo de una vez. *Latte* es un término poco adecuado. En realidad, es un batido hecho con café mezclado con algún tipo de helado de vainilla con trozos de bolitas de leche malteada y caramelos de jengibre.

¡Vendido! Mojé la galleta en la bebida y luego le di un mordisco.

—¡Dios mío! Este debe de ser el mejor batido que he probado en la vida. —En ese cálculo, incluí mentalmente la vez que me emborraché el año pasado con un schnapps de menta, que sabía a tortitas de menta, pero en estado líquido. El paraíso. Este latte de jengibre era el paraíso al cuadrado—. Mamá, eres la mejor.

—¿Acaso eso es una sonrisa? Hace mucho que no veía como eso, así que no estoy segura.

Me bebí de un trago lo que quedaba del batido de helado, sin preocuparme por si consumirlo con tanta rapidez me daría dolor de cabeza.

—¡Estoy sonriendo! —exclamé lamiéndome los labios. Añadir a mi lista de congojas mentales: mi humor cambia violentamente de hosco a delirante con la infusión de azúcar adecuada.

Las hormonas adolescentes. No sé. Es agotador intentar controlarlas.

—De haber sabido que bastaba con un latte de jengibre —comentó mi madre—, habría buscado esa camioneta de café hace mucho tiempo. —Echó una mirada de preocupación al reloj del salpicadero y luego su rostro se tornó serio—. ¿Qué ocurre, Lily? Soy toda oídos hasta que llegue el tren de las 02:37 p. m. Estoy preocupada por ti.

—Yo también estoy preocupada por mí.

Colocó las manos sobre la calefacción del coche y luego me las apoyó en las mejillas frías para calentarme. Me resultó muy agradable.

—Dime, cariño, ¿esto tiene que ver con el traslado de Langston? ¿O con la posibilidad de que tu padre y yo nos mudemos aquí? ¿O con el abuelo? ¿Comprendes que aquellos que han sufrido un ataque cardíaco a menudo se deprimen o se enfadan mientras se recuperan? Ya no es el mismo de antes.

—Todo eso me molesta mucho. Pero no.

—¿Entonces nosotros ya no somos el centro de tu vida? —preguntó suavemente.

—No exactamente —admití.

—Ah —murmuró mi madre—. Dashiell.

Ella siempre lo sabe todo.

—Traté de romper con él. ¡Dijo que no!

—¿En serio? Eso sí que es una sorpresa. —No estaba segura si le sorprendía que hubiera querido romper con él o que hubiera rechazado mi propuesta—. ¿Qué le dijiste?

—Le dije: «Creo que tenemos que romper».

—No suena muy convincente para una ruptura. ¿Y qué dijo Dash?

—Dijo que no y que lo estaba entendiendo todo mal. Pero no explicó exactamente el qué.

—No lo entiendo. ¿Por qué querías romper con él? Sé que los hombres de nuestra familia intentan que no les caiga bien, pero *yo* creo que es un encanto. Y pareces gustarle mucho.

—¡Ese es el problema! —Sentí que se me llenaban los ojos de lágrimas frías y amargas, y no me importó que pudieran congelarme la cara. Tenían que salir—. A Dash le gusto. Yo… *lo quiero*.

—Ay, cariño. —Mi madre me secó las lágrimas, me atrajo hacia ella y me abrazó—. ¿Se lo has dicho?

—Lo intenté. Una vez. Fue como si no me oyera. Y nunca me lo ha dicho. ¡Es tan doloroso querer a alguien que no te quiere! —Fue un alivio decirlo en voz alta. Enseguida me sentí mejor, a pesar de lo herido que estaba mi corazón.

—Cariño, sé que estás sufriendo, pero piensa una cosa. ¿Decir «te quiero» es lo que define realmente una relación? Son las acciones, no las palabras.

—¡Pero Dash es un hombre de palabras!

El rostro de mi madre reflejó la amarga verdad de mi comentario.

—Eso es verdad —admitió—. Pero ¿cómo sabes que él no siente lo mismo por ti? Tal vez piensa que ya lo sabes. Parece obvio para todos los demás.

Sabía que decía eso solo para consolarme. Era agradable. Apreciaba su consuelo, aun cuando se equivocara.

—¡No puedo hablar de eso con él!

—Pero ¿por qué no? Es tu novio. No lo entiendo.

Tardé un momento en admitir finalmente la verdad.

—Porque entonces se dará cuenta de lo dependiente e insegura que soy.

—Yo no diría eso de ti ni mucho menos.

—¡Así es como me siento! Antes me daban pena las chicas que se volvían idiotas al empezar a salir con alguien. ¡Y ahora me he convertido en una de esas chicas! Una de esas chicas que necesita que el chico le diga que la quiere porque es tan neurótica que tiene que oírlo para sentirse validada. ¡Lo *odio*! —No sabía qué me pasaba. Nunca antes le había hecho una confidencia semejante a mi madre. Esos Santas borrachos debían de haberme contagiado su falta de control. Mi madre se rio—. Esto no tiene nada de gracioso —le recordé.

—Lo sé —concordó ella curvando los labios hacia abajo en una posición neutral y seria—. Es solo que me recuerdas a mí cuando empecé a salir con tu padre y comencé a experimentar sentimientos muy profundos por él. Llevábamos varios meses saliendo y luego, de la nada, me volví brutalmente fría y corté con él. No quería que se acercara tanto a mí.

—Y la familia resulta una carga muy pesada para la otra persona —agregué. Mi otro miedo con Dash: mi familia. *Su* familia.

—Eso es cierto —aceptó mi madre—. Pasó un tiempo hasta que lo invité para Navidad, y a conocer a mis tíos y tías y a todos mis primos. Todavía no se ha recuperado de la conmoción de que fuéramos tantos.

—La familia de Dash es tóxica.

—Eso no significa que él lo sea.

—Es cierto. Pero es inquietante lo mal que se llevan sus padres. ¿Y si se vuelve como su padre?

—A pesar de que no estaba lista para que trajeras un novio a casa, en eso confío en Dash. No se parece en *nada* a su padre. Excepto en el color de los ojos.

—¡Pero los ojos de Dash son preciosos! —Iba a ponerme a llorar otra vez.

—¿Qué quieres que haga, Lily? ¿Que te convenza para que sigas con tu relación o para que cortes con él?

—¡Quiero que Dash sepa qué decir y qué hacer! Quiero que me lleve a ver *Corgi & Bess* y que sea una cita especial. No solo quiero que me regale un árbol de Navidad sino que se quede un rato y detenga el tiempo para estar conmigo. —Era como si ya no estuviera hablando con mi madre. Despotriqué—: No me demuestres solo tu adoración. Dime que me quieres o rompe conmigo para así dejar de sufrir este martirio de querer entregarte mi corazón y que tú reacciones diciendo algo así como: «Lily, eres de lo más tierna ofreciéndome tu corazón de forma tan inocente. No te importa si lo lanzo al suelo y lo pisoteo, ¿verdad?».

Mi madre permaneció en silencio, y me pareció que estaba intentando reprimir una carcajada, pero al menos puso una cara como de estar meditando la respuesta. Finalmente, dijo:

—Primero, no es justo esperar que Dash adivine lo que quieres de él. Segundo, y esto es un consejo amoroso más general: cualquier chico que sepa automáticamente cómo cumplir todos tus deseos es demasiado bueno para ser verdad. No es algo natural en ellos y deberías sospechar si lo consigue. Tercero, si tus sentimientos por él son tan fuertes, creo que es responsabilidad tuya ser sincera y no esperar a que te diga algo que desconoce que quieres oír.

—Pero ¿y si Dash no siente lo mismo?

—Es un riesgo que debes correr. Este es uno de esos momentos en que debes decidir quién quieres ser. Es una etapa de crecimiento molesta e incómoda, pero te encaminará en una dirección definitiva. ¿Serás alguien que se hace cargo de sus sentimientos y sus acciones, aun cuando el resultado pueda ser doloroso, o alguien que no se permite ser feliz solo porque se niega a pedir lo que desea?

—Ambas parecen opciones espantosas.

Ya no parecía que mi madre estuviera intentando contener la risa.

—Ahora veo el peligro de sobreprotegerte tanto —comentó con seriedad—. Te enseñó a sobreproteger tu corazón.

—Tengo miedo.

—Y es normal. No hay nada más aterrador que la intimidad de verdad.

—¡MAMÁ! —No podía estar más avergonzada—. ¡No me refería a eso!

—Yo tampoco me refería a eso. Hablaba de la intimidad emocional, no física. Reconocer lo que sientes de verdad, quién eres de verdad. Abrir tu alma a otra persona. No hay nada que asuste más. Y yo he ido al outlet Woodbury Common en un Black Friday. Sé lo que es tener miedo.

No dije nada mientras asimilaba lo que ella acababa de explicarme. Ante mi silencio, agregó:

—Pero ya que lo has mencionado…

—¡No, no lo hemos hecho! —exclamé retorciéndome—. Dash ni siquiera protesta porque nos obliguéis a tener la puerta de mi cuarto abierta si estamos solos.

—Esa regla la puso tu padre, no yo, aunque no culpo a Dash. No creo que quiera ponerse cariñoso contigo en tu habitación sabiendo que hay una decena de familiares dispuestos a estrangularlo si intenta hacer algo más que sujetarte la mano.

Quería sacudirme con violencia por lo repugnante que me resultaba oír a mi madre decir «ponerse cariñoso contigo» al hablar de mí y de Dash, pero también me gustó lo que leí entre líneas.

—¿Entonces Dash puede estar en mi dormitorio con la puerta cerrada?

—Si se atreve, claro. Esta vez anulo la regla de tu padre. Dash es un buen chico y si estás lista para mantener conmigo esta conversación tan íntima, entonces confío en que tomarás la mejor decisión cuando llegue el momento adecuado para los dos y que lo manejarás de manera responsable. Pero me parece que hay otros lugares donde Dash preferiría estar a solas contigo. Yo no tomaría su indiferencia con respecto a la puerta abierta como falta de deseo por ti.

La hora se había acabado. Oímos acercarse a lo lejos el tren de las 02:37 p. m. a Manhattan.

—¿En serio vais a mudaros aquí? —pregunté.

—Todavía no lo hemos decidido. Pero admito que me gusta más de lo que esperaba. Es duro atravesar Long Island todos los días para dar clase en un centro de estudios superiores a unos chicos que necesitan créditos de Lengua Inglesa pero a los que no les importan en absoluto los grandes sonetos. Quizá me acostumbre a ser una poeta desempleada aquí.

—Pero tu familia está en la ciudad.

—Tu padre quiere estar aquí. Ese es el riesgo que tengo que correr. Elegirlo a él. Los adultos también atravesamos etapas duras de crecimiento.

—¡Pero… el abuelo!

—Se ha vuelto muy obstinado —comentó con un suspiro—. Todos sabemos que estaría mejor en una residencia. Tendría mejor calidad de vida.

—¡Se enfadaría mucho si te oyera! —exclamé respirando agitadamente.

—Lo sé. Y eso es gran parte del problema. No darse cuenta de que lo mejor para él es también lo mejor para todos. Necesita más cuidados de los que podemos proporcionarle, a pesar de lo mucho que lo queremos. Lo dejamos todo de lado tras su caída, pero, llegará el día en que tengamos que volver a vivir nuestra vida, por muy dolorosa que sea esa decisión.

—¿A dónde iré yo?

—Puedes mudarte aquí e ir al instituto de tu padre. O quizá quieras vivir con la Sra. Basil E. y pasar el verano con nosotros. Lo ha propuesto ella. Ya eres mayor y puedes decidirlo por tu cuenta. No te abandonamos. Y todos haremos lo posible para que estés bien. Tienes una familia increíble y ese es otro de los motivos por el que no deberías desaparecer nunca más.

Todavía quedaban muchas cosas que discutir y solo un minuto antes de que tuviera que bajarme del coche para tomar el tren. Así que me concentré en el tema importante.

—¿Aún estoy castigada?

—Sí.

—¿En serio? —Puse cara de estar sufriendo otra crisis emocional.

—No. Y no pienses que no sé lo que estás haciendo.

—¿A qué te refieres?

—La criada Lily está intentando ordeñar o, más bien exprimir, un poco lástima de su madre. Ahora vete a casa y siente la Navidad, por fin. Y dile a Dash…

Le di un beso en la mejilla.

—Adiós, mamá. Gracias. Te quiero.

Salí volando hacia el tren, que me llevaría volando a casa y a Dash.

Una vez en el tren, volví a encender el teléfono. Mi corazón estaba a punto de estallar de todo lo que quería decirle a Dash. Ya no estaba castigada, tenía el apartamento solo para mí y quería a un chico.

El primer mensaje de texto que vi era de Dash. El corazón me dio un vuelco al ver su nombre y pensé lo valiente que sería la próxima vez que lo viera. Luego se me cayó el alma a los pies al leer sus palabras:

Me esfuerzo tanto para hacerte feliz, pero es evidente que no lo logro. No quiero decir que seas imposible de complacer, pero eres imposible de complacer. Y ya que no puedes dejar de desaparecer, me he dado cuenta de que tienes razón. Debemos tomarnos un tiempo.

# 9
# DASH

## Se necesitan dos para enredarse

*Sábado, 20 de diciembre*

Me detuve un momento y luego continué escribiendo el mensaje de texto.

*Ese tiempo durará exactamente veintitrés horas. Ni una más, ni una menos.*

—¿He hecho bien las cuentas? —le pregunté a la Sra. Basil E. enseñándole el teléfono.

—Sí. Y ahora… el toque final.

—¡Por supuesto!

Más instrucciones a continuación, escribí.

ENVIAR

Esperé para ver si Lily respondía.

No lo hizo.

—Espero que esto funcione —comenté.

La Sra. Basil E. me miró desde el sofá y quedó claro que no quería verme apesadumbrado.

—Debes darlo todo. Pero fíjate bien en dónde coloco el énfasis de la oración. Por tu bien, la repetiré: debes darlo *todo*.

—Pero ¿no acabamos de establecer que ella es imposible de complacer?

—Las personas que lo quieren todo perfecto son imposibles de complacer. Pero eso no significa que debamos dejar de intentarlo. Aunque sus expectativas no sean las correctas, sus instintos sí lo son. No conseguirás hacerlo todo bien, Dash. Intentarlo es lo que importa.

—Entonces la intención es lo que cuenta.

—Ah, pero ¿alguna vez has intentado contar intenciones? Son muy difíciles de reunir.

Me habría reclinado en el asiento y lanzado un suspiro, pero estaba sentado en un pretencioso taburete, así que reclinarme no era una opción, y mi interlocutora habría catalogado mi suspiro como una gratificación melodramática.

—Siento que esta es mi última oportunidad —opté por señalar, un comentario que, una vez que brotó de mi boca, también sonó a gratificación melodramática… aunque se trataba de la verdad.

—Esa es una de las características del amor —repuso la Sra. Basil E.—. Te queda una última oportunidad. Y luego, si no funciona, te creas otra última oportunidad. Y luego otra y otra. Continúas así hasta que se te agotan las últimas oportunidades.

—Pero si son muchas, entonces ¿solo la última es realmente…?

—Esto no es una cuestión gramatical —me interrumpió la tía de Lily—, sino una cuestión *emocional*. No espero que me comprendas a ese nivel… no eres más que un retoño en esto del amor.

Yo soy una secuoya, así que te vendría bien oír lo que tengo que decir.

—Tu experiencia cuenta con varios anillos más que la mía.

—Precisamente.

Me levanté del taburete.

—Aprecio su ayuda.

La Sra. Basil E. también se levantó.

—Y yo aprecio tu aprecio. Ahora, pongámonos a trabajar. Tenemos mucho con lo que lidiar. Veintitrés horas parece mucho tiempo, pero no es más que un instante, Dash. Es lo que tarda un libro en caer de un estante.

Miré el teléfono. Seguía sin responder.

La Sra. Basil E. me colocó la mano en el brazo. Un contacto leve pero firme.

—Vendrá —me aseguró—. Lily tampoco se da cuenta de que esta no es la última oportunidad de verdad. También es un retoño. Pero eso es lo bonito del amor joven: podéis aprender juntos a ser árboles.

—Si el plan funciona.

—Sí, si el plan funciona.


*Domingo, 21 de diciembre*

Me encontré con Langston frente a la librería Strand. Strand no es solamente el punto de partida de mi historia con Lily, sino que también resulta ser la mejor librería del mundo, el país de las maravillas para los cultos e instruidos. Si esta iba a ser la última oportunidad, yo quería regresar a la primera oportunidad y asegurarme de que esta cobrara vida un año después.

Langston llevaba una caja en la mano. Levantándola para enseñármela, preguntó:

—¿Estás seguro de que esto es necesario?

Sabía que le resultaba difícil. Sabía que el contenido de la caja era muy valioso para él.

—Mark prometió que lo cuidaría —lo tranquilicé—. En las únicas manos en las que caerá será en las de Lily.

—Pero ¿por qué tiene que ser Joey? Cuando mi amiga Elizabeth me lo dio en quinto curso, era una reliquia vintage de una banda de chicos. Ahora es *súper* vintage.

—La idea es que Lily sabrá que es tuyo y que estamos todos juntos en esto.

Langston lo sabía pero, aun así, le resultaba difícil. No me dio el premio hasta que estuvimos en la sección de literatura juvenil, en el piso de arriba, con su primo Mark mirándonos con el ceño fruncido.

—No tengo ni idea de por qué te estoy ayudando —espetó—. Pero aquí estoy, ayudándote. Es una afrenta a todo el esfuerzo de mi indiferencia.

Aun así, hasta Mark se mostró respetuoso cuando Langston sacó al muñeco de Joey McIntyre de su caja.

—Cuídate —le susurró a Joey al oído—. Recuerda, esto es por Lily.

Saqué un ejemplar de *Baby Be-Bop* de mi mochila, le quité la sobrecubierta y luego se la coloqué a un cuaderno Moleskine rojo. A partir de ahí, lo colocamos todo en su lugar.

—No debes perder de vista a Joey —le dijo Langston a Mark.

—Lo tratas como si fuera Timberlake —refunfuñó Mark—. Pero está bien.

—Y nos avisarás en cuanto ella aparezca —le recordé.

—*Si* es que aparece —corrigió Mark, disfrutando del uso de la cursiva.

—Si es que aparece —concordé.

No podía dejar de preocuparme. Quedaban muchas otras cosas por hacer en muy poco tiempo.

Veintidós horas y cincuenta y siete minutos después del mensaje anterior, le envié otro mensaje a Lily:

Olvida al elfo en el estante.

Ve a dónde comenzó todo y busca al recién llegado.

No tenía tiempo de esperar una respuesta. Había tumbado la primera ficha de dominó… y ahora debía esperar que las demás estuvieran en el lugar correcto para caer.

La parada siguiente era Boomer. Se trataba, tal vez, de la ficha de dominó más peligrosa de todas, por su tendencia a desviarse del camino.

Los camaradas de Oscar habían disminuido de forma considerable, así que del bosque urbano de Boomer apenas quedaban unos pocos ejemplares. Aun así, su espíritu se mantenía indemne.

—¡Todavía me quedan tres días para encontrarles un hogar a todos! —susurró Boomer como si el puesto fuera un refugio para troncos.

Saqué una fiambrera cuadrada de la mochila y la abrí para enseñarle el contenido.

—¡Ah! —exclamó—. Virutas de madera aromáticas.

Me quedé mirándolo durante unos segundos.

—¿No son virutas de madera? ¿Es caca de reno petrificada?

Tragué saliva.

—¡Es curioso, porque parecen tener forma de letras!

—Sí —comenté—. *Tienen* forma de letras. Son una pista.

—Pero ¿por qué se te ha ocurrido escribir una pista con caca de reno?

—¡No es *caca de reno*! Son galletas.

Boomer comenzó a desternillarse de risa. No era una risita sarcástica ni un ji, ji, ji de aficionado. No, comenzó a reír desde el diafragma y luego retorció todo el cuerpo.

—¡Galletas! —exclamó cuando recuperó el aliento para hablar—. ¡Son las… galletas más feas… que he visto en mi vida!

—¡Son Lebkuchen! —grité—. ¡O al menos se dan un aire! ¡Es una receta de Núremberg! Bueno, ¡de Núremberg pero sacada de la web de Martha Stewart! ¡Según los esbirros de Martha, datan del siglo catorce!

Boomer se calmó y echó otro vistazo a la fiambrera, esta vez, como si fuera una reliquia.

—Ah… eso explica todo —comentó con solemnidad—. ¡Son del siglo catorce!

—*¡No estas galletas en particular!* —Las miré otra vez… y tuve que admitir (a mí mismo, no a Boomer) que su aspecto era algo gótico. La noche anterior, había tenido que reemplazar algunos ingredientes debido a las prisas (porque, a diferencia de Martha, no tenía cuatro dátiles Medjool muertos de risa en la cocina), y me percaté de que el resultado se parecía a la idea que tienen los amantes del pan de lo que es comerlo sin gluten.

—No permitiré que Lily se las coma —afirmó Boomer—. Podría ponerse enferma. O enfadarse.

—No son para comer, sino para *leer*. —Las ordené en el fondo de la fiambrera.

—¡PUM PAM GRAIAS CHAO! —leyó Boomer. Y luego agregó—: ¿La palabra *gracias* no está mal escrita?

—Quemé la C y quedó irreconocible, ¿OK? Mientras tanto, ¿recuerdas tu frase?

—«Lily, ¿te hace falta una aclaración?».

—No…, «aCLARAción».

—«Aclaración».

—«A-CLARA-ción».

—«A-CLARA-ción».

—Perfecto. ¿Y si dice que sí?

—Yo digo: «¡Quiero cascarle las nueces a ese!».

—No. «¡Es una nuez dura de cascar!».

—«¡Haces que me casque de risa con las nueces!».

—«Es una nuez dura de cascar».

—«¡Tus nueces están durísimas!».

—¡Boomer, *no* puedes decirle «Tus nueces están durísimas» a Lily! ¿Entendido?

—Tal vez deberías escribirlo en un papel y yo se lo entrego.

—Buena idea.

Mientras lo escribía detrás de la factura de una papelería, mi teléfono zumbó.

La banda de chicos ha muerto, escribió Mark. Larga vida a la nueva banda de chicos.

¿Qué dices?, pregunté.

No digo, escribo, respondió Mark.

Basta de semántica, interrumpió Langston, pues se trataba de un mensaje de grupo. ¿Joey se ha puesto en marcha?

Se aferra con fuerza a nuestra chica, respondió Mark. Y los acompaña un cuaderno Moleskine rojo.

Me asombró el alivio que sentí. Había funcionado. Lily y yo necesitábamos que algo funcionara y ahora por fin estaba sucediendo.

—Muy bien, Boomer, me voy. Tengo cosas que hacer.

—Uh, mierda, Dash, lo siento… no tenemos baño.

—No *esa* clase de cosas. Sino más bien que debo ir a otro sitio.

—Bueno, ¡espero que allí tengan baño!

—Lo tienen —le aseguré—. Varios, de hecho.

Sabía que era imposible seguir los pasos de Lily si quería llegar a dónde tenía que ir.

Había tres pistas entre Strand y Boomer, y Lily las fue derribando una por una.

Ve a la Noventa y Dos a ver las velas 9.ª y 10.ª.

(Dov y Yohnny, nuestros poco ortodoxos amigos judíos ortodoxos, se encontraban junto al gran candelabro de siete brazos del vestíbulo de la Asociación Hebrea de Jóvenes, con velas y una pista en las manos).

Es hora de dejar caer la otra bota... en el mismo lugar en que perdiste la otra.

(Sofía había convencido con palabras bonitas al dueño de una famosa discoteca para que dejara entrar a Lily durante el día. La Sra. Basil E. me había prestado una bota para que la colocase en el cubículo del baño donde le había dejado un mensaje a Lily hacía un año. Aquel mensaje decía: «Por favor, devuélvele el cuaderno al guapo detective con sombrero de fieltro». En esta ocasión, Sofía había imitado mi letra para escribir: «Los Zorritos quieren que sepas que esto no es un callejón sin salida. El horario de los niños se ha acabado, pero todavía hay tiempo para una copa de chocolate caliente helado»).

(Eso la llevaría a Serendipity… porque en Nueva York todo el mundo sabe que hay un solo lugar en Manhattan donde tomar una copa de chocolate caliente helado. Allí, el abuelo de Lily la estaría esperando en una mesa y Sofía le enviaría un mensaje de texto para que pidiera la copa. Se le dieron instrucciones de no hablar del cuaderno rojo con Lily, pero sí de cualquier otro tema que ella quisiera. Luego, cuando llegara la cuenta, el camarero habría escrito la siguiente pista en la parte de atrás del recibo: «Si se cae un árbol en el bosque, ¿quién iría sin dudar un minuto a ver si se encuentra bien?»).

Eso la conduciría hasta Boomer.

Y Boomer la conduciría a Brooklyn.

Boomer me envió un mensaje mientras salía del metro.

La buena noticia es que va en camino. Ni siquiera ha preguntado por la aCLARAción.

Esperé la mala noticia.

Y seguí esperando.

Finalmente, escribí: ¿Cuál es la mala noticia?

¡Ah, sí! La mala noticia es que a pesar de que le advertí claramente que no lo hiciera, probó una de las galletas de todas formas.

No había tiempo para preocuparse por eso: mi habilidad para el horneado nunca había sido la base de nuestra relación, así que no me había arriesgado mucho al mostrarle los límites de mi enharinado. En cambio, me dirigí hacia la Academia de Música de Brooklyn (AMB, para abreviar) y lo preparé todo para la llegada de Lily.

La Academia llevaba a cabo en ese momento la producción del Grupo de Danza de Mark Morris de *El Cascanueces*, llamada *La Dura Nuez*. Habían tomado la conocida historia del Cascanueces y la habían trasladado a una extravagante casa de la década de los 70. Una de las grandes escenas era una alocada fiesta navideña que acababa siendo un desastre remojado en alcohol. En otra escena, Marie, la Clara de este Cascanueces, se enfrentaba al rey de los Ratones solo con una linterna para defenderse.

El escenario parecía la versión animada de la casa de una sitcom de de los años 70: todo estaba un poco exagerado. Pero había un árbol y, debajo del árbol, había regalos.

Uno de ellos era para Lily.

Esta era la parte más elaborada del plan. Por suerte, la Sra. Basil E. tenía contactos en la AMB. («He apoyado a las artes durante mucho tiempo, me parece natural que ahora yo recurra a las artes para que me apoyen a mí», explicó). Lauren, la bailarina que interpretaba a Marie, me hizo pasar al teatro. Cuando Lily llegara, encontraría a David, el bailarín que hacía del Príncipe Cascanueces, esperándola para conducirla al escenario. Luego él desaparecería y todos los demás esperarían entre bastidores. Este ensayo no estaba, por lo general, abierto al público, e iban a añadir a un personaje adicional durante un corto período de tiempo.

Me ubiqué en el palco más alto del teatro, que estaba vacío. Langston, Sofía, Boomer, la Sra. Basil E., Dov y Yohnny me estaban enviando mensajes para saber cómo iba todo. Los informé brevemente y luego apagué el teléfono.

Apenas oí cuando se abrió la puerta. Desde mi posición elevada, solo pude ver a Lily cuando atravesó el pasillo central hacia el escenario. Llevaba el Moleskine rojo en una mano y a Joey McIntyre en la otra. Desde tan lejos, era difícil distinguir su expresión.

Solo había un foco apuntando al árbol. Lily subió los peldaños que llevaban al escenario y luego echó una mirada a su alrededor para ver si había alguien más. La luz del foco se estrechó hasta iluminar un solo regalo y Lilly se encaminó hacia él. Si uno entornaba los ojos, podía imaginar que era Clara durante la mañana de Navidad. Al abrirlos, te dabas cuenta de que era mayor, casi adulta. Pero mostrando el mismo asombro en sus movimientos, pues era una característica que no tenía por qué desaparecer.

Yo había envuelto la caja con la receta de las galletas Lebkuchen. Dentro, había otra caja envuelta con frases de *Baby Be-Bop*. Luego otra caja con el papel de regalo de FAO Schwarz que había guardado. Y una caja todavía más pequeña envuelta en un anuncio del periódico de *Corgi & Bess*. Finalmente, se encontraba la caja más pequeña de todas, con su nombre en la tapa, escrito con mi letra.

La abrió. Sacó el sobre. Abrió la tarjeta y leyó las dos palabras que había escrito antes de firmar. Una tarjeta de regalo cayó de ella. Le echó un vistazo, vio de dónde era y cuál era la cantidad.

Sonrió.

Luego, como sabiendo que yo querría estar ahí para verla sonreír, alzó la vista. Pensé que me descubriría sin ninguna duda y no estaba seguro de si eso era algo malo o no. Pero mientras elevaba la mirada hacia los palcos, las luces del escenario se encendieron de pronto y comenzó a sonar Tchaikovsky. Sorprendida, Lily regresó al árbol.

Las hadas de las campanillas de invierno comenzaron a danzar.

Esa era mi parte favorita del ballet. Sabía que sería la parte favorita de Lily. El vertiginoso remolino de bailarines imitando los movimientos de la nieve en el aire. Y luego, al intensificarse la música, un salto en el aire… los brazos extendidos… y la nieve. Nieve de papel saliendo disparada de las yemas de los dedos. Nieve de papel llenando el aire, cubriendo el escenario.

Sabía que esa era la señal de mi partida. Sabía que necesitaba un poco de ventaja para la última pieza del rompecabezas. Pero tenía que observar. Tenía que ver a Lily: sosteniendo la posesión más preciada de su hermano, llena del chocolate caliente a la que la había invitado su abuelo, guiada hasta aquí por amigos y familiares. Si eso no la hacía feliz, tal vez nunca lo conseguiría. Si eso no la sacaba de los lugares más oscuros y la llevaba a los más coloridos, tal vez había llegado demasiado tarde.

Pero no era demasiado tarde. Aun desde el palco más alto, me di cuenta.

Con el sigilo de un tigre, me marché del teatro de puntillas. Encendí de nuevo el teléfono y envié un mensaje al grupo.

**Qué bello es vivir.**

Sabía que la última parte del plan sería la más difícil. Pero me equivoqué al determinar cuáles serían las auténticas dificultades.

Había pensado que Santa Claus sería el problema, pero terminó siendo el elfo.

Me reuní con Sal, el espeluznante tío abuelo de Lily, en un vestuario de la tienda Macy's. Yo llevaba ropa de calle. Él llevaba el disfraz de Santa Claus.

—Tenemos que hacerlo rápido —advirtió—. Tú sales, haces tu numerito con Lily y luego vuelves directamente aquí, ¿de acuerdo?

—Está bien —respondí mientras deseaba haber alquilado mi propio disfraz. (Había llamado a tres tiendas la noche anterior; estaban todos agotados)—. Esperaré en el vestuario de al lado y usted me pasa el disfraz por la cortina.

—No, no —señaló retorciéndose para quitarse la parte superior del disfraz—. Aquí y ahora.

El espacio no era lo bastante grande para los dos. Podía oler su sudor; lo sentía en el aire.

Sabía, por mi última interacción con este Santa Claus, que no llevaría una camiseta debajo de la chaqueta. Pero aun así, saberlo y verlo eran dos cosas completamente distintas. Porque verse obligado a tocarle la barriga enorme y peluda a Santa Claus para conseguir un sobre de Lily no era nada comparado con verla en carne y hueso, sobre todo carne. No solo parecía una ballena hirsuta irguiéndose desde un océano color piel, sino que también tenía tatuadas dos palabras: sí, VIRGINIA. Aunque los pliegues de la barriga cortaban las dos últimas letras.

Sujeté la chaqueta y me la eché sobre la cabeza, aunque solo fuera para taparme los ojos. Era demasiado grande para mí, pero me daba igual: no buscaba precisión sino efecto. En cuanto me la coloqué en el sitio, levanté la vista y vi que el tío de Lily se había quitado los pantalones rojos dejando al descubierto unos interiores a rayas rojas y blancas.

—¿Te gustan? —preguntó cuando me pescó mirándolo.

Le quité los pantalones de las manos e intenté ponérmelos lo más deprisa posible. Pero al concentrarme en hacerlo rápido, perdí el equilibrio y, al meter la segunda pierna, comencé a bambolearme... y caí justo sobre el pecho de Santa Claus.

—¡Jo, jo, jo! —gritó encantado.

—¡No, no, no! —grité a mi vez.

Intenté tirar de los pantalones y echar el cuerpo hacia atrás, pero no lo hice con la suficiente rapidez. Porque justo cuando me incliné para sacarme la pernera de la zapatilla, la puerta del vestuario se abrió de golpe y un elfo aulló: «¡¿QUÉ CREES QUE ESTÁS HACIENDO!?».

Y no cualquier elfo.

El ayudante número uno de Santa Claus.

Habíamos tenido un altercado el año pasado y aquí estábamos otra vez.

—¡ULTRAJE! —vociferó—. ¡ULTRAJE EN EL VESTUARIO NÚMERO CUATRO!

—Desmond —dijo Santa Claus—. Cálmate.

—¡LE ESTÁ ROBANDO EL TRAJE!

—Me lo ha pedido prestado.

—¡ESO ESTÁ PROHIBIDO!

Me acomodé los pantalones y luego palmeé el bolsillo de la chaqueta. Tal y como habíamos quedado, había una barba en el interior.

Me disponía a agarrar el gorro de Santa Claus cuando el elfo se adelantó y me bloqueó el paso.

—¡SANTA CLAUS! —lo regañó.

—Vete —murmuró Santa Claus.

Tardé un segundo en comprender que me hablaba a mí.

—Hay un gorro de repuesto debajo del trineo —agregó.

Hice un movimiento para marcharme. Solo tenía que esquivar al elfo.

—¡NO TOLERARÉ EL MAL COMPORTAMIENTO! —gritó—. ¡SEGURIDAD! *¡SEGURIDAD!*

Lily llegaría en cualquier momento. Tendría que empujarlo para abrirme paso, por lo que me preparé para atropellar al elfo. Pero entonces el tío Sal extendió sus brazos desnudos, lo aferró de los hombros y lo besó.

El camino quedó despejado. Salí corriendo.

Al pasar delante del gran espejo del vestuario, me coloqué la barba. No era de mi tamaño pero funcionaría.

—¡SANTA CLAUS, SIEMPRE FUISTE TÚ! —chilló Desmond desde el vestuario número cuatro mientras me dirigía a mi trono.

Benny estaba esperándome en el piso donde se encontraba la aldea de Santa Claus, para interpretar lo que podría haber sido el papel más peligroso y arriesgado del día. Durante los siguientes diez minutos, tenía el delicado trabajo de fingir ser un dependiente de Macy's y avisar a los padres que este Santa Claus se había tomado un descanso para ir al baño y que debían probar con el Santa Claus del segundo piso, si necesitaban atención inmediata. Ni siquiera tenía un distintivo de la tienda: solo un sujetapapeles y una expresión seria. («La gente nunca dice que no cuando llevas un sujetapapeles», me aseguró. «Si fue suficiente para dejarme entrar en el camerino de Adele, servirá también para tu Sant-o-mima»).

El puesto del Santa Claus de Sal estaba detrás de un trineo. Metí la mano debajo, encontré otro traje de reserva y tomé el sombrero. No había ningún espejo, así que usé el teléfono para comprobar mi aspecto y colocarlo todo en su lugar. Estaba tan concentrado que no me di cuenta de que tenía un niño delante hasta que dijo:

—Santa Claus, ¿por qué te estás haciendo un selfie?

—Estaba esperando a que llegaras —respondí mientras pensaba: *Niño, ¿cómo has conseguido eludir a Benny?*

(Respuesta: a los niños les importan una mierda los sujetapapeles).

Sin dudarlo un momento, se subió a mi regazo y se sentó sobre mi muslo.

*Genial*, pensé. *Tendré que hacerlo.*

—¿Cómo te llamas? —pregunté.

—Max.

—¿Y este año te has portado bien o mal?

Vi cómo hacía sus cálculos mentales y luego decidía qué respuesta lo conduciría a los regalos.

—Bien —contestó de forma rotunda.

—Qué bien. Es todo lo que necesito saber. ¡Que pases una Feliz Navidad!

Pero Max no se iba a marchar tan fácilmente.

—Tanner, un chico de mi clase, dice que no eres real —comentó.

—Estoy aquí —señalé, pero no me pareció bien: si no era una mentira, parecía una evasiva. Y Max merecía algo mejor.

»Mira, Max —comencé a decir—. Lo que debes recordar, lo que quiero que recuerdes, es que no importa si vivo de verdad en el Polo Norte y si soy quien te trae los regalos cada Nochebuena. Los chicos como Tanner te dirán que soy falso y luego, cuando crezcas, las personas como Tanner te dirán que otras cosas son falsas. Pero ¿sabes qué debes contestarles? *Y qué.* Eso es lo que debes decirles. Porque a fin de cuentas, da igual si la historia es real o no. Lo que importa es la dedicación prestada. El amor. Si algo es falso significa que alguien se ha tomado el tiempo de crear una historia para que tú te la creas. Y crear historias conlleva *mucho* trabajo. Y, sí, llegará un momento en que descubrirás que la historia no es real. Pero ¿las intenciones detrás de esta? Son completamente reales. ¿Y el amor tras ella? También es real.

A Max se le habían humedecido los ojos ligeramente. Cuando terminé, parpadeó y preguntó:

—Pero ¿y los regalos?

—Los recibirás. Y vendrán de personas que te quieren. Y eso es mucho mejor que si vienen de un tipo cualquiera con renos.

Max pareció satisfecho.

Y también la chica que se encontraba tras él.

Estaba tan concentrado con Max que no había visto entrar a Lily.

—Mira quién está aquí. Hola.

Había guardado a Joey, el cuaderno rojo y la tarjeta de regalo de Macy's de 12,21 dólares. Lo único que tenía en la mano era la tarjeta que le había escrito, con las dos palabras:

*Feliz aniversario.*

—Ya puedes marcharte —le murmuré a Max, que captó el mensaje y salió corriendo hacia Benny, que lo esperaba para llevarlo con sus padres.

—Hola —dijo Lily.

—Hola —dije yo.

—Te has vestido de Santa Claus —observó.

—No se te escapa una, ¿verdad?

—Por mí.

—Digamos que esta es una situación que nunca habría ocurrido si no te hubiera conocido.

—Lo siento, pero tengo que hacerlo —señaló sacando el teléfono y esbozando una amplia sonrisa.

Hizo una foto. Pero en realidad era yo quien quería tener un recuerdo: no de mí mismo vestido con un traje de Santa Claus, sino de ella contemplándome con el traje de Santa Claus. Parecía creer que yo era real.

—Feliz aniversario —le dije, repitiendo las dos palabras que había escrito en la tarjeta.

—Feliz aniversario.

—Ahora ven aquí. Tenemos muy poco tiempo antes de que otro niño consiga eludir a Benny.

—No pienso sentarme en tus rodillas —advirtió Lily.

—Te he dejado un hueco —indiqué dando unas palmadas en el asiento del trineo.

Apoyó el bolso y se sentó junto a mí. Todavía estaba jadeando un poco de dar tantas vueltas.

—Bueno —dije—, cuéntame qué tal ha ido el año.

Como respuesta, se echó a llorar.

No esperaba algo así pero tampoco fue una sorpresa. Sabía que se había guardado muchas cosas en su interior, pero no estaba seguro de si alguna vez lo dejaría salir. Por suerte, Santa Claus decidió vestirse con poca ropa, porque así me resultó más fácil atraerla hacia mí, más fácil de abrazar.

—No pasa nada —la consolé.

—Sí pasa —afirmó meneando la cabeza.

La agarré de la barbilla con la mano. Hice que mirara más allá de mi barba, que me mirara directamente a los ojos.

—No. Lo que quiero decir es que no pasa nada porque algo no vaya bien.

—Ah, bueno.

Qué idiota es Santa Claus por volar solo por el mundo. Porque… ¿quién querría viajar por el mundo sin el latido del corazón de otra persona a su lado?

—Tenemos que hablar el uno con el otro —comenté—. Siempre habrá una parte de nosotros que correrá tras algo, pero tiene que existir otra parte que sepa dónde está nuestra casa. Nuestro Polo Norte, por decirlo de alguna manera. Aunque no exista de verdad, podemos llegar a él si nos ponemos de acuerdo en que existe. Yo te quiero y no soporto verte tan descontenta. Quiero arreglarlo, pero sé que no puedo. Lo que quiero hacer es reescribir el mundo entero para que tú sí seas capaz de arreglarlo. Quiero inventarme una historia que todo el mundo celebre y, en ella, las personas que queremos nunca se pondrán enfermas, ni estarán tristes durante mucho tiempo y habrá chocolate caliente helado ilimitado. Tal vez, si dependiera de mí, no haría que el mundo creyera de manera colectiva en Santa Claus, pero seguramente haría que creyeran de manera colectiva en *algo*, porque resulta reconfortante la manera en que todos somos capaces de hacer lo imposible para conseguir que la vida parezca mágica cuando queremos. En otras palabras, tras pensarlo un poco, creo que la realidad tiene el inconfundible potencial de ser completamente horrible, y la manera de evitar eso es escapar de la realidad de vez en cuando y buscar algo un poco más disfrutable con alguien a quien disfrutas completa y genuinamente. En mi vida, esa persona eres tú. Y si tengo que vestirme de Santa Claus para que lo entiendas, así será.

—Pero ¿y si no es más que una fantasía? —preguntó Lily.

—Creo que mediante las fantasías, averiguamos más acerca de nosotros. No es que quiera ser Santa Claus. Pero creo que quiero ser el tipo que pasa por toda clase de horrores psicológicos para vestirse de Santa Claus por ti.

—¿Horrores psicológicos?

Como si estuviera planeado de antemano, se produjo una conmoción frente a nuestra aldea. La voz de un elfo, fuerte y clara:

—¡HAY UN INTRUSO EN EL EDIFICIO!

—¿Recuerdas lo que he dicho antes? —le pregunté a Lily—. Bueno, mantengo la parte de inventar historias, la parte de que te quiero y la de vestirme de Santa Claus para hacerte feliz. Pero ¿eso de que no deberíamos correr demasiado? Lo he vuelto a pensar, y creo que ahora sería un *excelente* momento para empezar a correr.

—¿Podemos llevarnos el trineo?

—Me temo que el trineo está clavado al suelo. Tendremos que escapar de una manera mucho más pedestre. ¿Te animas?

Lily se levantó de golpe, se secó los ojos y saltó del trineo.

—Claro que me animo.

Encontramos la puerta y salimos. Luego me metí en un baño y me quité el disfraz de Santa Claus. No quería parecer uno de los asistentes a la SantaCon, vagando por las calles en busca del puente o del túnel de vuelta a casa. Dejé el traje de Sal colgando detrás de una puerta y luego le envié un mensaje con la foto del lugar.

Cuando salí del baño, sorprendí a Lily escribiendo en el cuaderno rojo. Al verme, lo cerró.

—¿Vamos? —pregunté.

—¿A dónde?

—Estaba pensando en *Qué bello es vivir*. ¿Vamos al pase de las siete del Film Forum? Llevo galletas en la mochila.

La expresión de su rostro era impagable. La dulce Lily estaba pensando cómo decírmelo sin herirme.

—Galletas de la panadería Levain —agregué—. No sé exactamente cómo las hacen, pero tienen un noventa por ciento de azúcar, otro noventa por ciento de manteca y quizá un seis por ciento de harina. En otras palabras, debemos comer todas las que podamos mientras seamos jóvenes y nuestros cuerpos puedan soportarlo.

Llegamos a la puerta que daba a Herald Square y sentí la llamada de una nada milagrosa calle Treinta y Cuatro.

—Recuerda —le dije a Lily—. Podemos hacer lo que queramos. Nuestra historia puede continuar de cualquier forma. Ahora no es momento de atenerse a la realidad. Que la realidad vuelva en enero, si es necesario. Pero ahora… la ciudad está a nuestra disposición.

Creía que saldríamos disparados, pero Lily permaneció inmóvil, mientras una avalancha de personas nos empujaba con sus bolsas al cruzar la puerta.

—¿Dash? —preguntó—. Te has dado cuenta de que lo has dicho, ¿verdad? Dos veces.

—¿En serio? —respondí—. Pensé que había dicho «genuinamente» una sola vez.

—No me refería a eso —comentó, con la expresión ensombrecida.

La miré directamente a los ojos.

—Lo diré otra vez ahora mismo, si eso es lo que quieres. Permíteme comunicárselo a estos desconocidos. —Me dirigí a las personas que se abrían paso a través de nosotros—. Señor, quiero a Lily. ¿Sabe qué, señora? Quiero a Lily. Quiero a Lily, quiero a Lily, ¡QUIERO A LILY! ¡Soy un loco disfrazado de Santa Claus y estoy perdidamente enamorado de Lily! ¡Si querer a Lily es un delito, entonces me declaro culpable! ¿Continúo?

Lily asintió.

—¡Adoro a Lily más de lo que ustedes adoran la Navidad! ¡Adoro a Lily más de lo que el Sr. Macy adora el dinero! ¡Quiero tanto a Lily que deberían ponerlo en los escaparates! ¡Mi amor por Lily es mayor que el PNB de la mayoría de los países industrializados! ¡Quiero…!

—Ya está bien —dijo Lily apoyándome la mano en el brazo.

—¿Ahora estamos en la misma página?

—Creo que sí.

—Y a pesar de que no hay muérdago a la vista, ¿me dejas besarte en el medio de la entrada de este atestado centro comercial?

—Sí.

Así que ahí estábamos nosotros. Dos odiosos adolescentes besándose en la puerta de un enorme centro comercial, atrayendo miradas penetrantes e insultos de los transeúntes, sin que les importara un bledo.

—Feliz aniversario —murmuré retrocediendo.

—Feliz aniversario —murmuró avanzando.

Luego, de la mano, nos zambullimos en mitad de la noche.

Todavía faltaban cuatro días para Navidad y era hora de llenarlos con las historias correctas.

# 10

# LILY

## Rawkettes saltando

*Lunes, 22 de diciembre*

La Navidad puede irse a la miércoles, porque yo ya tengo lo que quiero: a Dash.

Sentí la suave luz del sol de la mañana en mi rostro, pero antes de abrir los ojos, quería disfrutar su respiración subiendo y bajando contra mi pecho, su cuerpo tibio contra el mío.

Ayer, que fue sin duda el mejor día de mi vida si no tenemos en cuenta los días de estreno de cualquiera de las películas de *Star Wars*, Dash y yo nos declaramos nuestro amor. Anoche, cuando me llevó a casa, nos acurrucamos junto al fuego, contemplamos a Oscar, nuestro precioso bebé árbol, y yo le dije lo mucho que lo quería.

—Me encantan tus libros ignotos, tu música emo y hasta tus terribles galletas. Adoro tu bondad. Te quiero por amar la Navidad, a pesar de todo. Por mí. —Hacía tanto tiempo que reprimía lo que sentía que necesitaba sacarlo fuera y hablar de todo—. ¿Cuándo supiste que me querías? —le pregunté.

—No hubo un momento en especial —respondió—. No pongas esa cara. Fue más bien una revelación gradual. Al darme cuenta de lo mucho que había mejorado mi vida ahora que formabas parte de ella. Que Sofía me dijera que parecía mucho más feliz y relajado desde que te conocía.

Ya no estaba celosa de Sofía. Al menos, no con respecto a Dash. Nunca dejaría de envidiar su elegancia europea y su relación con los alimentos azucarados tan racional y opuesta a la nuestra.

—¿Les dijiste a Boomer y a Sofía que me querías antes que a mí?

—No fue necesario. Al parecer, todos se dieron cuenta antes que yo.

—¡Es nuestro aniversario! ¡Me alegro por nosotros! ¡Te quiero por haberme dicho que me querías justo hoy!

—Se te había olvidado, ¿verdad?

—Sí —confesé. Por lo general, en diciembre acabo tan absorbida por la Navidad que ni siquiera se me había ocurrido que mi relación amorosa formaba ahora parte de estas fechas tan importantes—. ¿A qué libro de Nicholas Sparks crees que nos parecemos más como pareja? ¡Di *El cuaderno de Noah*!

Los ojos azules y soñadores de Dash se volvieron de un azul grisáceo y gélido.

—Ni se te ocurra bromear sobre algo así.

No había sido una broma.

—¿He echado a perder el momento por hablar demasiado? —pregunté.

—Sí, discutámoslo en silencio.

Y eso hicimos, a través de muchos, muchos besos, antes de quedarnos dormidos en el suelo de la sala: totalmente vestidos, totalmente exhaustos.

Por el momento, podíamos disfrutar de despertarnos el uno al lado del otro. Noté un poco de saliva deslizándose por mi brazo y abrí los ojos. ¡Rayos! Estaba abrazada a Boris y no a Dash. Pero la decepción que sentí al despertar era en realidad una tontería. Era afortunada por partida doble. Había conseguido mi deseo de este año *y* del año pasado. Dash y un perro. Estaba desbordante de felicidad.

Dash se encontraba tumbado al otro lado de Boris, medio despierto. También había recibido lo que deseaba para Navidad. Su madre se tomó sus vacaciones anuales y no insistió en que él se quedara con su padre, así que no había tenido que mentirles a los dos diciéndoles que estaba en el apartamento del otro. Lo que Dash quería era tener su casa para él solo. Pero eso podía esperar. En este momento, era todo mío.

Mi corazón aún daba vuelcos de alegría. ¡Quería a un chico! ¡Y él también me quería! ¡Me hizo galletas… y no me sentaron mal!

Sabía que tendría que competir por su afecto. Dash observaba con avidez la estantería que estaba al lado de Oscar. En vez de decirle «Buenos días», le pregunté:

—¿Por qué te gustan tanto los libros? —No era una pregunta hostil, como si me hubiera puesto celosa de esos lomos sólidos y coloridos, que encerraban tantas maravillas entre sus… páginas. Sentía genuina curiosidad.

—Desde que era un bebé, mi madre me llevaba a la biblioteca por lo menos una vez a la semana. Las bibliotecarias eran como Mary Poppins para mí. Siempre encontraban el libro adecuado para mi estado de ánimo o para el momento que yo estuviera atravesando. Siempre fui capaz de encontrar paz en los libros.

—¿Eran también una forma de evasión?

—Claro. Pero no se trataba tanto de evadirme como de ir a otro lugar. Puedes viajar a cualquier lado con un libro. Los libros significan aventura, conocimiento, posibilidad, magia.

Era increíble que mi querido y huraño Dash hubiera pronunciado semejante blasfemia. Levanté un poco el cuerpo del suelo y observé su asombrosa cara. (Y también contemplé la asombrosa cara chata de Boris, junto a la de Dash. ¡Era una chica tan afortunada!).

—¿Crees en la magia? —le pregunté. Esas dos caras. Mi novio y mi perro. Ellos dos eran mi magia.

—Sí —respondió y luego agregó con tono solemne—: Pero, por favor, no le digas a nadie que he dicho eso.

—¡Lo he oído! —chilló Langston mientras cruzaba la sala en dirección a la cocina. Y canturreó—: *Dash cree en la magia. ¡Debe de ser amor!*

Benny entró tras él. Al vernos a Dash y a mí acostados en el suelo, chocó su cadera de forma sensual contra la de Langston y me dijo:

—¿Ahora el novio se queda a pasar la noche? ¡Tienes suerte de que mami y papi sigan en Connecticut! —Miró a Dash y luego volvió los ojos hacia mi hermano—. ¿Le damos una paliza a Dash ahora o más tarde?

—Ahora nos portamos bien con Dash —comentó Langston con un suspiro.

—*¡Ñoña es!* —exclamó Benny, que supongo que es una expresión portorriqueña que significa «Joder».

—Es amor, supongo —dijo Langston con una mueca burlona.

—*¡Diantre!* —chilló Benny con su tono latino—. ¿Es demasiado pronto para darle el regalo de Navidad?

—Si lo consideras necesario —contestó Langston encogiéndose de hombros y luego se volvió hacia Dash—. Quizá debas agradecernos que te dejemos abrirlo ahora y no después, delante de los padres de tu novia.

Dash no dijo nada.

—Ingrato —agregó Langston.

Benny se dirigió al montón de regalos navideños y tomó una caja de Strand, envuelta en un papel de regalo muy colorido. Le arrojó la caja a Dash, que lo desenvolvió. Se trataba claramente de una colección de libros, así que no supe por qué Dash enrojeció tanto. Levantó los libros para que los pudiera ver: Obras Escogidas de D. H. Lawrence.

—*¡Feliz Navidad!* —exclamó Benny en su idioma nativo.

No sabía por qué D. H. Lawrence le causaba semejante vergüenza a mi novio (lo buscaría en Google de inmediato para averiguarlo).

—¡Saca tu lado sexy y seguro, mi querido y literario Dash! —dijo Langston riendo.

—Dijo el que se va a vivir a Hoboken —replicó Dash—. Sexy, seguro, Hoboken. *Mmm*, ¿cuál de estas palabras no corresponde?

—¿HOBOKEN? —grité. La reacción fue tan instintiva que no tuve tiempo de procesar que Boris se encontraba echado junto a mí. Al oír mi grito, se levantó de inmediato y derribó a Benny, la persona que menos conocía de la sala.

—¿Olvidé comentarte dónde quedaba nuestro apartamento? —me preguntó Langston.

—Encubrimiento deliberado de información —lo acusé. Pero yo sabía que también era culpa mía. Me había molestado tanto que Langston me contara que se mudaba que había omitido preguntar a dónde.

—Manhattan y Brooklyn son demasiado caros —explicó—. Y Queens y el Bronx están muy lejos del centro.

—*¡Hola!* —exclamó Benny—. *¡Ayuda!*

—Aquí —le ordené a Boris, que dejó libre a Benny.

—Desayuno —dijo Dash.

—Ya lo preparo yo —señaló Langston—. De nada.

—Contigo no —advirtió Dash y me agarró la mano—. Hemos quedado con la Sra. Basil E. para hablar sobre su fiesta de la noche de

Navidad. —Dash no podía ocultar la emoción en su rostro. Para ser un tipo que odiaba la Navidad, era evidente que había empezado un nuevo capítulo en su vida, le había dado la vuelta a la página. Una página de acebo. ¡Qué buena idea para regalar! Libros cargados de muérdago. Dash se llevó mi mano a la cara y depositó un beso en la palma. Si los hubiera tenido cerca, creo que habría espolvoreado el beso con trozos de bastones de caramelo.

Dash creía en la magia. Dash adoraba la Navidad. ¡Dash me quería!

Soy tan superficial que el amor que habitaba en mi corazón y la promesa del desayuno me interesaban demasiado como para ponerme a pensar en la mudanza de mi hermano al desolado Hoboken. Como quieras. Vete de una vez, Langston. ¿A mí qué me importaba? Yo tenía a Dash. Lo que de verdad me preocupaba era que mi relación con mi novio fuera en realidad un ardid de Dash para pasar más tiempo con su amor verdadero: mi octogenaria tía abuela.

—Me caías mejor cuando eras huraño —comentó Langston.

—No te caía nada bien —corrigió Dash.

—Exactamente —concordó Langston.

Me dolía admitirlo, pero lo hice de todas maneras.

—El abuelo tiene buen aspecto —le dije a la Sra. Basil E. por lo bajo mientras nos conducía desde el vestíbulo hasta el comedor para desayunar. Él caminaba delante de nosotras con Dash; su paso había recuperado la elasticidad, y sus ojos brillaron con el júbilo y la picardía habituales al saludarnos.

—Lo exasperaba que cuidaras tanto de él. No quiere ser una carga y se sentía culpable todo el tiempo.

—¡No es una carga! —exclamé y estaba a punto de defender nuestro sistema de asistencia sanitaria cuando la Sra. Basil E. me hizo callar.

—También es familia mía —explicó—. Y tú tienes que vivir tu juventud y ocuparte de ti misma. La semana que viene entrevistaré a unos cuantos auxiliares sanitarios y contrataré a uno para que me ayude a cuidar del abuelo.

Por algún motivo, sentí que había abandonado a mi abuelo.

—Pero yo puedo hacer ese trabajo —afirmé.

—Ya sé que puedes, querida. Pero, por el momento, a tu familia le gustaría que retomaras tu trabajo de ser una adolescente.

—Y paseadora de perros.

—Si insistes.

En la mesa del comedor, había un glorioso banquete. Huevos, panecillos, café, zumo, ensalada de frutas y el alimento preferido de Dash: yogur. Nos sentamos para comenzar a devorarlo todo.

—Ponle un poco de salmón ahumado al panecillo, Lilita —me recomendó la Sra. Basil E.—. Me lo han traído esta mañana de Barney Greengrass, la tienda gourmet. Es una delicia.

A menudo, cuando mi tía me indica que me coma algo que en el pasado tuvo ojos, me sirvo un trozo de manera educada y lo muevo alrededor del plato, pero nunca me lo como. Esta vez no lo hice.

—Me gustaría que dejaras de llamarme Lilita, por favor. Y soy vegetariana.

—¿Ni siquiera comes pescado? —preguntó. Nunca entenderé por qué los que comen carne siempre hacen esa pregunta cuando digo que soy vegetariana. Si a continuación pregunta de dónde saco las proteínas, me veré tentada a arrojar el plato contra la pared como la desagradecida-pero-harta-de-esa-pregunta y ya-no-más- Lilita que soy.

—No, no como pescado —respondí dulcemente.

—¿Por qué no lo has dicho antes? —inquirió—. No tiene sentido desperdiciar esta maravilla en tu aburrido paladar.

Y colocó una porción extra de salmón en el panecillo de mi abuelo.

—¡Buenísimo! —exclamó el abuelo entre dos bocados.

—Y ya no es nuestra Lilita —comentó mi tía a mi abuelo y ambos menearon la cabeza con tristeza—. ¿Eres tú el responsable? —le preguntó a Dash.

—Yo no he tenido nada que ver —respondió—. Lily es vegetariana desde la guardería.

La Sra. Basil E. profirió un grito sofocado de asombro.

—¡Nadie me lo dijo! —protestó.

Se lo dije un millón de veces. He ido con ella a restaurantes vegetarianos. Mi tía abuela es lista como pocas, pero, como mi abuelo, se está volviendo cada vez más olvidadiza. Es preocupante. En ese mismo instante, tomé una decisión. Si mis padres se mudaban a Connecticut, aceptaría la invitación de mi tía de vivir en su casa, con ella y mi abuelo. Ellos me necesitaban. Una casa de cuatro pisos tenía espacio más que suficiente para todos. Y para Boris. Cuatro pisos de escalera serían un problema para el abuelo, pero encontraríamos una manera de mantenerlo en movimiento.

—Los panecillos están deliciosos —comentó Dash.

—Por supuesto que sí —concordó la Sra. Basil E.—. No me acerco a los hidratos de carbono de baja calidad.

—¿Y cómo podemos ayudarla con su fiesta de Navidad? —preguntó Dash.

—Viniendo —respondió, como si fuera una obviedad.

—Creía que nos había invitado hoy porque quería nuestra ayuda. Nos encantaría colaborar —propuso Dash.

—Ya contrato empleados para mis fiestas, jovencito. —Miró a Dash, luego a mí y luego otra vez a Dash—. Entonces, ¿es amor?

—¡Hemos cumplido un año de novios! —comenté con orgullo. Los desafíos de un cuaderno Moleskine rojo me habían conducido a este chico maravilloso. Y aquí estábamos, un año después. Más fuertes que nunca, con declaración de amor oficial.

—Pásame la lista, hermano —le dijo mi tía a mi abuelo, que se metió la mano en el bolsillo y extrajo una hoja doblada. Se la extendió a la Sra. Basil E., que desdobló el papel, lo alisó y se lo pasó a Dash—. Si vas a salir de manera oficial con Lily, aquí tienes la lista de festividades que celebramos en orden de importancia descendente. Obviamente, mi cena de Navidad es la primera de todas.

No podía creer que le hubiera entregado a Dash una copia de la Lista. Normalmente, los miembros potenciales de la familia no la reciben hasta que están comprometidos con alguno de nuestros parientes. *Y* registrados en alguna tienda de regalos de boda que contara con la aprobación de la Sra. Basil E.

—No lo entiendo —musitó Dash.

—Es la hoja de asistencia —le dijo el abuelo a Dash mientras se reía—. Buena suerte, muchacho.

—No es eso —lo reprendió mi tía—. Es simplemente una lista de festividades que se espera que celebres con nosotros si formas parte de la familia, clasificadas por orden de importancia. Los asteriscos indican los festejos opcionales y las notas a pie de página las celebraciones con fecha variable a las que puedes asistir con tu familia de manera rotativa.

Dash examinó la lista y luego levantó los ojos con expresión desconfiada.

—El día de Acción de Gracias canadiense es una celebración a pie de página.

—No para los canadienses —señaló la Sra. Basil E.

—Mi padre se sentirá aliviado —agregó Dash—. Es canadiense.

Un impactante silencio se hizo en la mesa del desayuno. Por fin, casi sintiéndome traicionada, dije:

—Nunca me habías contado que tu padre es canadiense.

—¿Es importante? —preguntó Dash.

—¡Por supuesto que sí! —exclamó mi abuelo. Pero era una reacción defensiva: todos sabíamos que no era importante.

La sorpresa la había causado el hecho de que conocíamos al padre de Dash.

—Pero tu padre es… —No quería decirlo delante de todos. Algo que *rimaba-con-ota*.

La Sra. Basil E. me ahorró el tener que usar ese tipo de lenguaje en voz alta.

—No todos los canadienses son agradables, Lily —espetó—. No seas tan ingenua. Dashiell, nosotros nos haremos cargo de ti el día de Acción de Gracias canadiense. Puedes decirle a tu padre que hable conmigo si tiene algún problema.

—¡Me encanta esta familia! —exclamó Dash con una gran sonrisa.

Mi tía y yo intercambiamos una mirada de complicidad. Sabíamos que Dash quería decir que nos quería más que a todos. Sabíamos que nos elegiría para celebrar con nosotros el día de Acción de Gracias canadiense.

La sonrisa radiante de Dash me inundó de alegría el corazón, otra vez. Ayer me había hecho tan feliz.

Pero la Navidad me pertenecía. Todos lo sabían. No podía permitir que Dash me superase en gestos románticos navideños. Quería gritar mi amor desde las azoteas de los edificios. Y ahora que había descubierto que era mitad canadiense, sabía exactamente desde qué azotea quería gritarlo.

—¿Cómo está el Sr. Zamboni? —le pregunté a mi abuelo.

Mi abuelo es un galán, pero no se ha echado novia nueva desde el ataque al corazón. Sin embargo, la relación con sus amigos no ha perdido intensidad. Mantiene su ineludible cita semanal con sus colegas, que tiene lugar en la tienda italiana que vende carne de cerdo del barrio, donde los hombres se reúnen a beber café y jugar al backgammon. Desde niña, siempre había llamado a los amigos de mi abuelo por los nombres de sus negocios en lugar de sus nombres de verdad. El Sr. Dumpling, dueño de un restaurante chino y ahora jubilado, prefiere el té en vez del café. El Sr. Borscht, el jubilado polaco que solía regentar la tienda gourmet, confía demasiado en su habilidad para el backgammon y, como resultado, ha perdido muchos rollitos de monedas de veinticinco centavos (El Żubrówka —vodka con hierba de bisonte— que le añade al agua con gas es probable que también contribuya). El Sr. Zamboni, constructor inmobiliario envejecido pero aún en actividad, ha decidido no comer gluten, así que prefiere no probar las pastas mientras juegan, pero se vuelve loco por las galletas de mantequilla de cacahuete sin gluten que le preparo con frecuencia. Le gustan tanto que lleva mucho tiempo diciendo que me debe un favor, y ahora pensaba aprovecharme. A pesar del apellido que le puse (que evoca al inventor de la máquina pulidora de hielo), no está relacionado con el negocio de las pistas de patinaje sobre hielo. Pero hace unos años, construyó un edificio de apartamentos en el extremo oeste de Manhattan, sobre el High Line, con una azotea comunitaria que, en invierno, se convierte en una pista de patinaje. Personalmente, prefiero pagar un puñado de billetes de veinte por patinar un rato en el Rockefeller Center o en Wollman Rink en Central Park, pero supongo que algunos prefieren gastarse varios millones en un apartamento para experimentar esa sensación tan navideña de patinar sobre hielo. Les gusta sentir el frío de la Navidad de manera privilegiada y exclusiva. Pero su obscena riqueza era una ventaja para mí, al menos hoy.

Le di la dirección a Dash y luego le dije que nos encontraríamos allí a las siete de la tarde. Necesitaba la tarde para mí para encargarme de los detalles: las invitaciones, la comida, los artistas, la pirotecnia.

Cuando Dash llegó esa noche al vestíbulo del edificio del Sr. Zamponi, lo primero que preguntó fue:

—¿No tienes frío con esa ropa? —Hacía mucho frío, pero yo llevaba unas mallas gruesas debajo de mi atuendo navideño de Rockette: un vestido con vuelo de terciopelo arrugado, que llegaba justo hasta debajo de la rodilla, con una banda ajustada en la cintura y un ribete de piel falsa de color blanco a lo largo del dobladillo y el enorme escote.

Dije que no y le di un beso. Para ser sincera, tenía un poco de frío, pero mi corazón ardía. ¿Alguna vez dejaría de sonrojarme de felicidad al verlo? Probablemente no.

—¿Iremos al High Line? —preguntó a continuación. Era uno de sus lugares preferidos de Manhattan: una antigua vía de tren elevada al oeste de la ciudad, que se había transformado en una zona preciosa de parques y jardines.

—Algo así —respondí.

Le agarré la mano y lo conduje hacia el ascensor. Antes de apretar el botón de Subir, desaté la banda blanca de mi cintura.

—¿Te vendas los ojos? —le pregunté. Quería que la primera visión de nuestra fiesta fuera una sorpresa.

—No será una fiesta sadomasoquista, ¿verdad? —inquirió Dash. Debía haber comenzado a leer uno de esos libros de D. H. Lawrence. Claro que sí, lo busqué en Google.

—No. Pero gracias por pensar que sería capaz de tener una idea tan excéntrica y pervertida.

Le coloqué la banda sobre los ojos y se la até detrás de la cabeza. Luego deslicé la tarjeta que nos permitiría acceder al ascensor y al último piso del edificio.

—No será una especie de fiesta sorpresa, ¿no? —preguntó preocupado mientras el ascensor subía—. Mi cumpleaños no es en diciembre.

—Ya lo sé.

—Lo que digo es que no habrá gente que salte de detrás de los arbustos en el jardín de una azotea para asustarme, ¿verdad? Me encantan los sustos, pero no en un edificio alto.

—Relájate.

El ascensor se abrió y yo guie a Dash hasta la zona de encuentro, donde habían colocado bancos y mesas, y una tienda en forma de iglú. La música estaba muy alta y la fiesta se encontraba en pleno apogeo. Vi a Boomer y a Sofía patinando juntos, de la mano. Edgar Thibaud, con su abrigo de rombos patinaba de manera agresiva y veloz, como si acabara de beberse una caja de Red Bulls. Nuestros invitados de honor, a los que yo no conocía personalmente, también se encontraban en la pista. Algunos patinaban muy bien, pero la mayoría se aferraba con fuerza a la barandilla. Sus muchos bolsos de lona llenos de libros estaban colocados en fila en la zona del iglú, junto con sus zapatos y botas de calle.

Le desaté la banda y exclamé:

—Mira. Una pista de patinaje navideña. ¡Con toda tu gente preferida!

Dash miró la pista y luego volvió la vista hacia mí.

—Las únicas personas que reconozco son Boomer y Sofía. Y Edgar. *Puf.*

—Los demás son bibliotecarios y libreros. Mi primo Mark de Strand está apuntado a una lista de distribución para bibliotecarios, así que les envió la invitación. Esta noche, estás rodeado literalmente de gente relacionada con los libros. Literalmente, ¿lo entiendes?

Dash hizo una mueca de dolor ante mi chiste malo, pero se le iluminó el rostro al ver el puesto de refrescos al otro lado del iglú.

—¿Ahí sirven chocolate caliente? —preguntó.

—¡Claro! He contratado a Jacques Torres Chocolate, la mejor tienda gourmet de chocolate, para que ofreciera chocolate caliente, chocolate normal, galletas con trozos de chocolate y…

—La gente entrará en coma diabético antes de marcharse.

—¡Ojalá! Así sabremos si fue una buena fiesta. La Sra. Basil E. siempre dice: «Cuanto peor se sienta uno al día siguiente, mejor ha sido la fiesta».

Dash sonrió y luego frunció el ceño.

—Esto debe de haber costado mucho dinero.

—Solo la comida. Y las artistas. Es un placer para mí.

No me gusta alardear, pero soy bastante rica. No por mis pobres padres docentes, sino por mi trabajo de paseadora de perros. Mi cuenta bancaria tiene cinco dígitos (casi), y todos antes de la coma de los decimales. El dinero se suponía que era para mi fondo universitario. Pero yo prefiero gastarlo en la Navidad.

—¿Las artistas? —preguntó Dash.

—Ya lo verás —contesté y le alcancé los patines—. Ya es hora de patinar.

—Una confesión: no se me da bien patinar.

—¡Pero eres mitad canadiense!

—Mi amor por el grupo Arcade Fire es lo único que he heredado del gen canadiense.

Me puse los patines y luego ayudé a Dash con los suyos. Se levantó bamboleándose y yo me aferré a él mientras nos aproximábamos a la pista.

—Ya verás las vistas… —le prometí.

Lo agarré de la mano y lo guie hacia la pista. Se le daba muy mal patinar. Era cauteloso en exceso, y se notaba que estaba nervioso. Pero entonces llegamos al borde y contempló las vistas. Las siluetas de los edificios de Manhattan al norte, encabezados por el Empire State y el

Chrysler y, al oeste, el río Hudson y Nueva Jersey (en fin). Y debajo de nosotros, el High Line.

—Increíble —comentó Dash—. Aun cuando la altura me produzca ganas de vomitar.

—Feliz Navidad.

Apenas tuvimos tiempo para otro beso y para dar una vuelta alrededor de la pista antes de que llegaran las artistas. Se habían presentado más temprano de lo planeado en un principio porque el tiempo había pasado de muy frío a helado, y además llovíznaba, así que eso significaba que pronto caería una lluvia congelada. Por este motivo, les había enviado un mensaje diciéndoles que comenzaran en cuanto llegara Dash.

Edgar Thibaud patinó hasta el centro de la pista como si fuera un jugador de hockey profesional. Lo había contratado de maestro de ceremonias. Con una bengala en cada mano, anunció:

—Damas, caballeros y distinguidos bibliotecarios. ¡Por favor démosles la bienvenida a… las Rawkettes!

Las Rawkettes son una compañía de música punk, rock y dance creada por la nieta bailarina del tío abuelo Carmine, que decidió emplear toda la experiencia de sus fallidas audiciones para formar parte de las Rockettes a un negocio suplementario más acorde con su talento. Las bailarinas de su grupo también son fanáticas de la ciencia ficción, así que, durante un tiempo, se llamaron las Spockettes y llevaban trajes azules de Rockette diseñados como los uniformes de la Federación de Naves Espaciales. Pero ante la falta de reservas, cambiaron recientemente su nombre por el de Rawkettes, para intentar un nuevo enfoque. Esta fiesta de patinaje era la primera actuación de su última versión como grupo. Y probablemente, la primera de todos los tiempos.

—¿Esa es Kerry-prima? —me preguntó Dash mientras ella se colocaba en el centro del escenario con su grupo, todas con atuendos «punk», más similares a Ziggy Stardust que a Sid Vicious. Mucha purpurina y traje de lamé dorado de la década de los 70. ¡Me moría por contarle a la Sra. Basil E. que Dash se merecía de verdad haber recibido la Lista! Reconoció a la nieta del tío abuelo Carmine y también se le ocurrió llamarla «Kerry-prima», para distinguirla, en nuestro idioma familiar, de «Carrie-tía» y «Kharie-vecina», y de Cary Grant, cuyo nombre no necesita comillas y cuyas películas adora todo el mundo.

—¡Sí! —respondí.

Edgar programó la música y Kerry-prima y su *troupe* comenzaron a interpretar una de las canciones favoritas de Dash: *Calamity Song,* de The Decemberists. No es un grupo que me apasione, excepto durante el mes de diciembre, pero me gusta el sinsentido de sus letras: *Hetty Green / Reina de la bonhomía administrativa y totalmente aburrida.*

Dash me miró como diciendo «¡No!» y yo lo miré como diciendo «¡Por supuesto que sí!».

Era increíble. Las cosas favoritas de Dash en un solo lugar. ¡El High Line! ¡Los bibliotecarios! ¡El chocolate caliente! ¡The Decemberists!

Y luego la lluvia comenzó a caer con intensidad, en bestiales y gélidas municiones.

—¡Ahora! —le supliqué a Kerry-prima. Yo quería que las Rawkettes se dieran prisa en ponerle el broche de oro a la noche antes de que la lluvia lo hiciera por ellas. Entonces, con las bolsas de regalos de Santa Claus a cuestas, las Rawkettes patinaron por la pista serpenteando alrededor de los bibliotecarios, de mí y de Dash, de Sofía, de Boomer y de Edgar, mientras lanzaban al aire la purpurina que llevaban dentro de las bolsas. Yo había querido que la noche terminara con una explosión de color cristalino en el hielo.

Y, durante un momento, se trató realmente de un mundo mágico de color, igual que en Disneylandia. El hielo brilló en rosas, verdes, violetas, dorados y plateados. Pero enseguida me di cuenta de algo: la purpurina no debería estar brillando. Sino que debería haber sido más iridiscente, como una suave ráfaga de nieve.

¿Por qué, de pronto, todos estaban resbalándose? ¿Era por la lluvia congelada o por la purpurina?

—¿Qué clase de purpurina es esta? —le grité a Kerry-prima, que zigzagueaba entre Dash y yo. Purpurina y más purpurina, había purpurina por todos lados mientras las Rawkettes la arrojaban en la pista como si fuera polvo mágico.

—¡Purpurina artesanal! —respondió—. ¡Dijiste que no escatimara en gastos, así que no lo hice! —Tomé un puñado de purpurina del hielo. No era del tipo cosmético como la que Kerry-prima llevaba en la cara. Era una purpurina muy elegante, hecha de vidrio esmerilado, con el tamaño y la forma de pequeños guijarros. Esta purpurina artesanal no era polvo mágico, sino miles de diminutas y afiladas armas letales desparramadas por el hielo. Y estaba provocando que los patinadores se cayeran y golpearan con fuerza contra el hielo.

Boomer pasó volando junto a nosotros.

—¡Yupi! —exclamó y luego cayó brutalmente sobre la purpurina. Dash se inclinó para ayudarlo a levantarse justo cuando otro librero se desplomaba en el hielo y la cuchilla de su patín cortaba a Dash en la cara.

—¡Mi ojo! —aulló.

—¡Mi rodilla! —gritó otra persona.

—Creo que me he roto la muñeca —agregó otra voz.

Todo sucedió muy rápido. Hacía un momento, las Rawkettes estaban bailando mientras los bibliotecarios patinaban alegremente alrededor de ellas y, unos segundos después, la escena se había convertido en una catástrofe y el personal de emergencias trataba de empujar las camillas a través del hielo, pisando las manchas de sangre de las heridas causadas por las cuchillas de los patines. El caos reinaba en la pista de hielo. La masacre de los bibliotecarios.

Mientras trasladaban a Dash en la camilla hacia la ambulancia, con el ojo herido cubierto por una gasa empapada en sangre y las manos amoratadas y cortadas por culpa de los demás patinadores que habían caído sobre él, le dije:

—¡Lo siento tanto, Dash! Llamaré a tu padre y le diré que van a llevarte al hospital.

—No metas el dedo lleno de purpurina en la llaga, Lily —bromeó Dash.

Kerry-prima me extendió una factura.

—Todavía me debes cien dólares.

Me sentía fatal. Era responsable de que se estuvieran llevando en ambulancia a un ejército de libreros y bibliotecarios (la gente más agradable del mundo) de una fiesta creada para homenajearlos. Había herido de muerte a mi novio.

La Lily que adoraba la Navidad acababa de estropearla.

# 11
# DASH

## No temáis al gaitero

*Lunes, 22 de diciembre*

Faltaban tres noches para Navidad y en todo el hospital nadie movía ni un dedo… excepto media docena de bibliotecarios bajo el efecto de los analgésicos.

Como habíamos llegado todos juntos desde La Gran Masacre sobre Hielo con Purpurina, compartíamos una habitación en el Hospital Presbiteriano de Nueva York. Si bien no conocía a ninguno de los bibliotecarios, ellos se conocían todos entre sí: patinar sobre hielo había sido un añadido a su habitual borrachera prenavideña conjunta en la ciudad de Nueva York. Resultaba un poco perturbador, aunque también excepcional, contemplar a un montón de bibliotecarios, completamente desprotegidos, confinados en nuestro reducido espacio hospitalario. Tenía la oportunidad de observarlos de cerca… aunque solo a través de un ojo. A pesar de no haberse tratado de un golpe directo, la cuchilla se había acercado lo suficiente a la córnea como para que me hicieran llevar un parche protector mientras la herida se curaba. Por desgracia, me había echado un vistazo en el espejo antes de que me pusieran el parche y había tenido la impresión de que todos los vasos sanguíneos del globo ocular habían explotado, como si hubiera permanecido despierto durante un año sin acordarme de parpadear. Si me hubiera presentado a una audición para interpretar el papel de un engendro demoníaco en un pesebre navideño, seguro que habría sido el elegido (con el vendaje, parecía más bien el elegido para interpretar al pirata navideño Nº3).

Mi padre me había enviado un mensaje diciendo que estaba «en camino»… pero eso había sido hacía dos horas, lo cual me llevó a preguntarme qué camino habría tomado. Mientras tanto, mis tutores eran la Pandilla de los Pasapáginas.

—«¡Santa Claus no se siente la cara!» —gritó Kevin de Kalamazoo (su lesión requería morfina y un collarín)—. ¡Nunca me había sentido tan identificado con esa canción!

—¡Santa Claus tiene que redecorar esta habitación! —agregó Jack de Providence (hombro dislocado). No me sorprendió que la anodina decoración del hospital ofendiera su sensibilidad. Llevaba el suéter navideño más elaborado del mundo y unos pantalones de color azul neón, que bien podrían haber sido leggings—. Y también necesita un trago doble… —Buscó en su mochila de Marc Jacobs y extrajo un termo, una coctelera y seis vasos—. *¡Voilà!*

—¡El mío que sea triple! —exclamó Chris, que había venido con Jack pero era de algún lugar de Nueva York. (Solo tenía algunos magullones pero quería hacernos compañía).

—Yo me conformaría con uno doble —indiqué.

Todos los bibliotecarios y libreros se volvieron hacia mí en un silencio colectivo.

—Me temo que tienes que terminar los estudios en biblioteconomía, soportar el trabajo de cara al público diariamente y tolerar varios años de reducción de presupuesto como para merecer estas bebidas —me informó Chris con amabilidad—. ¡Pero algún día, Dash, todo esto será tuyo! ¡Sabemos detectarlos y tú eres un joven bibliotecario, temporalmente tuerto, en bruto!

Luego todos brindaron por mí. Y aunque estaba herido y a punto de ver a mi padre, me sentí bastante animado. Sabía que la forma de conseguirlo no era la que Lily había tenido en mente, pero, aun así, estaba seguro de que era lo que ella había pretendido esta noche.

Alcé el vaso de papel con agua que me había dejado el celador.

—¡Brindo por la purpurina que nos ha unido! —exclamé—. Puede que todo lo que brille no sea oro, pero a veces el brillo resulta más divertido que el oro. Y por Lily, por haberse esforzado tanto, aun cuando la fiesta haya terminado lesionándonos de forma considerable.

—¡Por Lily! —gritaron.

Jack se disponía a hacer otro brindis cuando mi padre entró volando en la habitación.

—¡Aquí estás! —dijo en un tono que parecía implicar que me había estado escondiendo de él.

—Exactamente donde se suponía que debía estar —repuse.

Por la forma en que iba vestido (traje, corbata, aroma a ginebra Bombay Sapphire), me di cuenta de que había tenido que abandonar una fiesta por mí. Por el tiempo que había tardado en llegar, me di cuenta de que no se había dado mucha prisa.

—¿He interrumpido alguna celebración? —pregunté.

—Sí —respondió mi padre—. En *Filadelfia*.

Me retracté. Y, durante un momento, lo imaginé viajando de manera frenética en un taxi, desesperado por llegar al hospital para ver a su hijo. Era una imagen conmovedora.

—Vamos —dijo mi padre con tono impaciente—. Leeza está esperando en el coche. Ve a buscar tus pertenencias.

*Muy bien*, pensé. *Así son las cosas.*

Empecé a recoger mis cosas, pero mi padre ya estaba saliendo de la habitación.

—No tan rápido —advirtió Jack apoyando su bebida en una camilla.

—¿Quién eres tú? —preguntó mi padre.

—No importa. Durante el próximo minuto, seré tu maldita conciencia. Y te informaré de que lo habitual cuando uno va a buscar a su hijo al hospital es que lo primero, lo segundo y lo tercero que salga de su boca sean diferentes variantes de «¿Te encuentras bien?».

—¿Ese parche en el ojo? —intervino Chris—. *No* es la última moda.

Mi padre no tenía ni el tiempo ni la paciencia para que le dijeran qué hacer. Como solía pasar con mi madre, su defensa consistía en atacar.

—¿Quiénes os creéis que sois? —los desafió con brusquedad.

Kevin caminó con pasos largos hasta él y arrojó su bebida de tal modo que salpicó un poco en su dirección.

—Somos bibliotecarios, señor. Y no dejaremos que se lleve a este futuro bibliotecario a menos que nos demuestre que lo cuidará como es debido.

Era interesante ver a mi padre en un enfrentamiento con un bibliotecario con collarín. Pero resultaba aún más interesante que todos los bibliotecarios de la habitación pensaran indudablemente que era él quien se equivocaba. Me hacía falta ese baño de realidad, porque a estas alturas de mi vida, me había acostumbrado demasiado a esto.

—Está bien —les dije a todos—. Papá, ve a la sala de espera. A ver si el médico te da más vendas, porque tendré que cambiármelas por la mañana, y es probable que aquí las consigamos gratis. Bibliotecarios, quiero que me deis vuestros e-mails porque voy a invitaros a una fiesta, si es que seguís en la ciudad para entonces.

Todos hicieron lo que les pedí. Mientras anotaban sus correos electrónicos en una de las últimas páginas de mi agenda, me llegó un mensaje de texto de Lily.

¿Cómo estás?, preguntó. (Ya habíamos tenido un muy prolongado intercambio en el que ella me decía lo mucho que lo sentía y yo le respondía que no tenía nada que sentir).

A punto de que me den el alta, respondí. ¿Te apetece hacer algo mañana que no implique la percepción en tres dimensiones?

No tienes más que decirme el qué, señaló.

Eso haré, prometí.

Pero primero tendría que resistir toda una noche con mi padre.

—¡Ay, no, mi pobre bebé! —Fueron las primeras palabras de Leeza cuando subí al coche.

Buenos sentimientos, pero desafortunada elección de palabras.

Durante todo el viaje a casa, se mostró muy inquieta y preocupada por mi ojo y, para cuando llegamos al apartamento, mi padre estaba más molesto por su culpa que por la mía. Lo cual era todo un logro.

En muchos aspectos, Leeza era muy diferente a cómo me había imaginado que sería una madrastra. Para empezar, imaginaba a alguien de una edad más cercana a la mía. Pero Leeza tenía un año más que mi madre, algo que la fastidiaba sobremanera, porque una cosa era que te dejasen por un modelo más nuevo y otra muy distinta que te cambiasen por alguien con el mismo kilometraje que tú. (Mi madre no debió habérmelo contado, pero en una noche particularmente oscura y previa a mi padrastro, cuando yo tenía diez años, lo hizo).

De igual manera, el hecho de que Leeza y mi padre no hubieran querido tener otro hijo resultó ser todo un alivio: mi padre lo divulgó en muchas cenas a las que yo acudí, durante mis años de formación.

Eso significaba que mi posición estaba asegurada. Pero, al mismo tiempo, también confirmaba que, tal vez, no había sido un hijo deseado. Porque si mi padre había experimentado momentos tan buenos conmigo, ¿no debería querer experimentarlos otra vez? (Sabía que la cuestión no era tan sencilla, pero emocionalmente, a veces tenía esa sensación).

Una cuarta parte de mi habitación en casa de mi padre estaba destinada a ser mi dormitorio, mientras que los otros tres cuartos se utilizaban como trastero para el equipo de yoga y otros bártulos. Habitualmente, Leeza lo ordenaba para que la proporción fuera del cincuenta por ciento cuando yo llegara, pero esta vez no había tenido tiempo.

—Lo siento —se disculpó mientras apartaba una pelota de ejercicios de la zona de mi almohada—. Si quieres, puedo traerte sábanas más limpias. Las cambié después de la última vez que te quedaste aquí… pero sé que eso fue hace meses.

Por suerte, no había ningún reproche tras esas palabras. Al menos, no hasta que mi padre pasó junto a nosotros y oyó lo que decía.

—Sí, Dashiell, no he pasado por alto que tu presencia aquí ha sido escasa —comentó desde la puerta—. Ha sido así durante todo el año, ¿verdad? Más o menos desde el momento en que conociste a Lily, si no me equivoco. Sé cómo son las hormonas adolescentes, pero la familia es la familia y ya es hora de que lo entiendas.

—Bueno, bueno, querido —lo calmó Leeza, colocando unas colchonetas de yoga en el armario—. A nosotros nos encanta Lily.

—Nos encanta lo que hemos visto de ella —prosiguió mi padre—, pero debo decir… primero, hace un año, acabaste en la cárcel por su culpa. Y ahora, has acabado en el hospital. Eso hace que me pregunte si deberías pasar tanto tiempo con ella.

—¿Es una broma? —pregunté.

—Ni mucho menos.

Lo miré de arriba abajo con mi único ojo sano.

—No conoces a Lily en absoluto ni tampoco a *mí*, así que tus observaciones, si bien están pronunciadas con convicción, no son más que sandeces, papá.

—Bueno, presta atención, Dashiell… —exclamó mi padre enrojeciendo intensamente.

—No —lo interrumpí—. Basta. No tienes derecho a hacer esto. No tienes derecho a emitir juicios.

—¡Soy tu padre!

—¡Eso lo sé muy bien! Y ya es bastante malo que me trates a mí como a un idiota. Pero no te atrevas a calumniar a Lily. La necesito a ella y a mamá para equilibrar la balanza si tú estás al otro lado.

—Ah —exclamó mi padre riendo—, sabía que tu madre tenía algo que ver con esto. Todas esas cosas que te ha dicho…

—No, *papá*. Estas son las cosas que yo me he dicho a mí mismo. Una y otra vez. Porque, ¡sorpresa!, soy capaz de sacar mis propias conclusiones.

—Chicos —interrumpió Leeza—, sé que ha sido un día muy largo para todos y Dash necesita descansar después de todo lo ocurrido. ¿Por qué no nos vamos a dormir?

—Lo siento —repuse—, pero tengo que saber si mi padre quiere que me quede aquí. Si no puedo irme a mi casa.

—No, Dash —respondió Leeza con firmeza—. *No* te quedarás solo esta noche. Dentro de poco, los analgésicos que te han dado en el hospital dejarán de hacer efecto y descubrirás que no es particularmente cómodo irte a dormir con un ojo vendado. Alguien tendrá que ocuparse de ti.

No se lo dije pero, en ese momento, sonaba igual que mi madre, de una manera con la que ella estaría de acuerdo.

—Presta atención a lo que dice Leeza —advirtió mi padre.

—Mañana no tienes instituto, ¿verdad? —continuó mi madrastra—. Invita a Lily a desayunar. Haré tortitas de jengibre.

—*Encargarás* tortitas de jengibre —comentó mi padre con sarcasmo.

—No —lo corrigió Leeza—, las *haré* yo. Será agradable que venga gente que se las *merezca*.

—Dios mío, sé cuándo no soy bienvenido —repuso mi padre con un resoplido—. Te veré por la mañana, Dashiell.

—Él te quiere —afirmó Leeza en cuanto mi padre se marchó.

—No deberías ser tú la que me lo diga —señalé.

—Lo sé.

Mientras Leeza se dirigía al armario a buscar sábanas limpias, le envié un mensaje a Lily con la invitación a desayunar. Era tarde, así que no esperaba que estuviera despierta. Pero respondió de inmediato, entusiasmada.

—A Lily le entusiasma la idea de desayunar tortitas de jengibre —le conté a Leeza cuando volvió. Luego le quité las sábanas de las manos; podía hacerme la cama solo.

—¡Maravilloso! —exclamó Leeza intentando demostrar un poco de alegría—. ¿Hay algo más que pueda hacer por ti antes de irme a dormir?

*Dime por qué estás casada con mi padre*, no fue lo que respondí. *Dime que cuando yo cometa errores, serán mis errores y no los de él.*

—Estoy bien —respondí.

De todas maneras, me trajo un vaso de agua para la mesita de noche y unos analgésicos. Después de darme un beso en la mejilla, retrocedió y me echó otro vistazo.

—No te queda mal. Pareces un cazador de recompensas más que un pirata, diría yo. Aprovéchalo mientras puedas.

Saqué mi pijama de un cajón.

—Y, ¿Dash? —dijo Leeza desde la puerta. Desvié la mirada hacia ella—. Tienes razón acerca de Lily. Es un tesoro, debes conservarla.

¿Pero por qué, me pregunté, mientras avanzaba por el prolongado y algo tortuoso camino hacia el sueño, querría ella conservarme a mí, si estaba destinado a seguir el camino de mi padre?

*Martes, 23 de diciembre*

No le había contado a Lily lo de las tortitas de jengibre y ella llegó con bollos de jengibre recién horneados. Le iba a explicar la coincidencia, pero su grito me interrumpió:

—¡TU CARA!

—¿Qué le pasa a mi cara? —pregunté—. No creo que puedas verla debajo de todas estas vendas, ¿verdad? Mi objetivo es ocultarme en un teatro de ópera y hacer de fantasma cuando cumpla veintitrés años.

—¡No tiene gracia!

—En realidad, sí. Y creo que, en este caso, coincidiremos en que debo ser yo quien determine la gracia de la situación, ¿no?

Me acerqué para besarla. Debido a la cuestión de estar medio ciego, mi puntería no era la mejor. Pero Lily fue lo bastante amable como para corregir mi error de cálculo de una manera más bien satisfactoria.

—Tal vez haga como Adam Driver —le advertí—. Podría ponerme una máscara solo por diversión. Como para demostrar que soy un malote. Por cierto, estoy haciendo referencia a *Star Wars*, no a *Girls*.

—Lo he entendido —comentó Lily y yo pensé: *¡Voilà! ¡Ya te has olvidado de mi herida!*

Antes de que pudiera bombardearme a disculpas, la llevé a la cocina, donde Leeza estaba sumergida en la plancha y mi padre, en el *Wall Street Journal*.

—¡Las mentes brillantes piensan igual! —exclamó Leeza al ver los bollos.

—Yo diría más bien que en estas fechas se le echa jengibre a cualquier cosa —agregó mi padre—. No me malinterpretéis, me alegra que no sean de *calabaza*, por Dios. Pero, aun así, no es como si añadirle jengibre a algo sea una idea original. Si queréis mi opinión, la culpa la tiene Starbucks.

—Nadie quiere saber tu opinión, querido —señaló Leeza con suavidad, sacando los bollos y colocándolos en una fuente.

En pocos minutos, las tortitas estuvieron listas. Leeza hasta las había hecho con forma de muñequitos de jengibre. (Me resultaba raro eso de que las galletas tuvieran género). Lo que siguió a continuación fue algo completamente desconocido para Lily: silencio familiar. De vez en cuando uno de nosotros (incluso mi padre) elogiaba las tortitas. Pero salvo eso… nada. Lily no dejaba de observar mis vendas, horrorizada. Mi padre no dejaba de leer el periódico. Leeza sonreía ligeramente, como si hubiera duendes susurrándole cosas al oído.

Imaginé que así serían todas las comidas de Leeza con mi padre. Cuando mis padres estaban juntos, el silencio había significado una tregua. En este caso, era ausencia de otras opciones.

*Por favor, no nos convirtamos en esto*, quise decirle a Lily.

Y tal vez lo captó, porque cuando la miré, puso los ojos en blanco.

Yo también intenté poner los ojos en blanco, olvidando por un segundo que sería una mala idea. El resultado fue la no muy agradable sensación de estar clavándome un picahielo en la retina.

Debí de gritar, porque Lily y Leeza me preguntaron de inmediato si estaba bien. Mi padre solo se mostró molesto.

—Estoy bien —les aseguré—. Pero acabo de recordar… que tengo que cambiarme el vendaje.

—Yo te ayudaré —propusieron Lily y Leeza al mismo tiempo.

*Puedo hacerlo yo*, pensé.

Pero luego lo reconsideré: *En realidad, preferiría hacerlo con Lily.*

—Gracias, Leeza —dije—. Pero no creo que necesite tantas manos para ayudarme. Dejaré que Lily se encargue esta vez.

Fuimos a mi habitación, donde estaba mi mochila con la gasa y la cinta. Luego entramos al baño, porque aun cuando no tuviera especiales ganas de verlo, sabía que sería mejor tener un espejo a mano. Me quité el parche del ojo y luego comencé a deshacer el vendaje del médico. Pero Lily me detuvo:

—Espera, siéntate. Déjame hacerlo a mí.

Cerré los ojos. Noté cómo me despegaba la cinta de la piel, con el mayor cuidado posible. Noté cómo la gasa que tenía sobre el ojo se iba aflojando hasta caer. Lanzó un grito ahogado ante lo que vio (los puntos, los magullones), pero en lugar de decir algo, Lily continuó trabajando. Estábamos en silencio, sí, pero era un silencio de concentración, de atención. No solo por su parte, mientras volvía a colocarlo todo en su lugar. Yo sentí sus dedos al tocarme el costado de la cabeza. Escuché su respiración. Me encontré en armonía con el pulso más esencial del momento. Volvió a colocar la gasa en su lugar. Y el parche del ojo volvió a estar encima, protegiendo la protección. Me dio una palmada en la espalda: *Listo. Todo bien.*

Abrí el ojo.

—Espero haberlo hecho bien —indicó Lily.

—Si lo hubiera hecho yo, seguramente me habría tapado el ojo equivocado.

—Había un poco de… purpurina, como incrustada a un lado de tu cara. No sabía si quitarla o dejártela. Supongo que el médico se encargará de eso la próxima vez, ¿no crees?

—Me proporcionará respeto en la calle —le aseguré—. Ya oigo a los trovadores cantando sobre el chico conocido como el Pirata Purpurina y su talento con las cuchillas.

—Lo siento…

—¡No digas eso! Eres tan culpable como lo es Andrew Carnegie por fundar tantas bibliotecas, lo cual condujo un siglo después a que hubiera tantos bibliotecarios patinando en una pista de hielo, que no estaban preparados para las explosiones de purpurina. De todas maneras, lo pasé muy bien hasta que, ya sabes, terminé en el hospital. Las Rawkettes me dejaron mudo, lo cual fue una verdadera hazaña teniendo en cuenta que muchas veces hablo de más.

En ese momento, Leeza nos preguntó:

—¿Todo bien ahí dentro?

Considerando los comentarios de mi padre acerca de la mala influencia de Lily, me dieron ganas de gritar algo que tuviera que ver con champagne y un baño de espuma, pero no estaba seguro de que existiera alguna manera de explicarle la broma a Lily sin herir sus sentimientos.

—¡Todo va bien! —le respondí a Leeza y luego le murmuré a Lily—: Tenemos que salir de aquí lo más rápida y humanamente posible. De hecho, olvida las limitaciones humanas, corramos como guepardos o como gacelas.

—¿Estás seguro? —inquirió Lily mirándome directamente a los ojos.

—¿Por qué no habría de estar seguro?

—No sé. Te han hecho tortitas.

—*Ella* me ha hecho tortitas. Sobre todo, porque se siente mal por el hecho de que mi padre sea un idiota.

En otras circunstancias, este habría sido el momento de decir «Bueno, no es tan malo». Pero mi padre no se merecía tal comentario.

—¡La ciudad nos espera! —exclamé.

—Entonces —dijo Lily guardando todos los suministros en la mochila—, no deberíamos hacerla esperar.

Le agradecimos a Leeza las tortitas unas diez veces cada uno y ella nos preguntó unas diez veces si estábamos seguros de que no queríamos más.

—¿Ya os vais? —preguntó mi padre en cuanto terminó de leer el periódico.

—¡Solo nos quedan dos días para comprar los regalos de Navidad! —respondí alegremente, algo que resultó ridículo incluso para mí.

—Bueno, ¿y qué contestas con respecto a Navidad? ¿La pasarás con nosotros o no?

Únicamente la presencia de Leeza y de Lily impidió que respondiera «No» y luego me marchara.

—Me temo que ya tengo otros planes. —Fue, en cambio, lo que dije.

—¿Qué *planes*? —preguntó mi padre con escepticismo.

No quería contarle lo de la fiesta de la Sra. Basil E., porque me había invitado de una manera en que yo sabía que mi padre nunca invitaría a Lily. No parecía justo situarlos en el mismo plano.

—Tengo planes con Lily —respondí sin dar más detalles.

—¡Fantástico! —exclamó Leeza.

Mi padre me echó una mirada que decía: «Lily no es tu familia».

Yo traté de echarle otra mirada que dijera: «Ella es más familia para mí de lo que eres tú».

Le di un beso a Leeza en la mejilla. Pareció sorprendida: ese no era nuestro ritual de despedida.

—Vendré después de Navidad —le dije—. Lo prometo.

—¡Aquí estaremos! —respondió.

Mi padre no se levantó del asiento.

—Adiós, papá —lo saludé.

—¡Adiós! —repitió Lily.

Me sentí aliviado al salir de allí.

—Bueno —preguntó Lily cuando llegamos a la calle—, ¿qué podemos hacer? A las tres tengo que pasear perros. Pero, antes de eso, soy toda tuya.

—Veamos —comenté mirando el reloj—, es un poco temprano para ir a tomar un helado Salty Pimp.

—Tienes razón. Tal vez más tarde. ¿Necesitas más cafeína?

—No. Creo que beber más café no le sentará bien a mi cabeza.

—Entonces…

—Entonces…

Lo curioso de Nueva York es que hay montones de cosas que hacer a cualquier hora del día, pero también momentos en que no sabes qué hacer debido a la gran oferta que existe y te sientes súper tonto porque sabes que tiene que haber *algo* que te apetezca; pero tu mente todavía no ha dado con ello.

—No he hecho ningún plan —se disculpó Lily—. Después de lo de anoche, me pareció que tal vez no debía.

—Yo tampoco he pensado en nada. Pero no deberíamos permitir que eso nos haga caer en una desesperación no planificada.

—Podríamos ayudar a Langston y a Benny a embalar cajas.

—Eso podría implicar demasiada sobreestimulación visual.

—Ah, lo siento.

—Tal vez deberíamos ir a tomar un Salty Pimp aunque sea muy temprano.

—Ni siquiera estoy segura de que esté abierto a las diez.

La ciudad entera. ¡Teníamos la ciudad entera para nosotros! Y, sin embargo…

—¿Oyes eso? —preguntó Lily. Al principio, no comprendí a qué se refería. Pero después me concentré no en mis pensamientos, sino en lo que estaba ocurriendo a mi alrededor… y lo oí.

—¿Son gaitas?

—Creo que son gaitas —respondió.

Luego, como para confirmar nuestra teoría, un gaitero apareció caminando desde la esquina. Luego otro más y otro. Once más. Un pelotón de gaiteros tocando *River*, la canción de Joni Mitchell.

Detrás de ellos, había una hilera de transeúntes, que no marchaban en fila sino que habían comenzado a seguirlos, para ver hacia dónde iban.

A veces, haces planes. A veces, los planes se hacen solos.

Sobre todo, en la ciudad de Nueva York.

—¿Vamos? —pregunté extendiendo la mano. Lo hice como un gesto romántico pero también porque me preocupaba que, por mi trastorno visual, me resultara difícil caminar dentro de una creciente multitud.

—Claro —respondió, agarrándome la mano como un gesto romántico pero también porque le preocupaba que, por mi trastorno visual, me resultara difícil caminar dentro de una creciente multitud.

De la mano, bajamos por la Segunda Avenida. Poco después resultó evidente, por las conversaciones de la gente que nos rodeaba, que nadie sabía quiénes eran los gaiteros o a dónde iban. Sin embargo, había muchas hipótesis.

—Creo que es el cuerpo de gaiteros del departamento de bomberos —sugirió un caballero de cierta edad.

—No estoy seguro de que el Departamento de Bomberos de Nueva York toque canciones de Joni Mitchell —agregó su compañera—. Ella es canadiense.

Mientras tanto, los hípsters que teníamos delante estaban muy nerviosos.

—¿Creéis que son Where's Fluffy? —preguntó un chico delgado con chaqueta de punto.

—Where's Fluffy nunca tocarían de día —respondió un tipo desaliñado con un abrigo marinero.

—¡Por *eso* mismo podrían ser ellos! ¡Y nos engañan tocando de día! —refutó el chico delgado.

Yo no sabía muy bien qué quería decir todo aquello. Lo que sí sabía era que los gaiteros habían comenzado a tocar *Fairytale of New*

*York*, que es básicamente la mejor canción de Navidad que se ha escrito.

—¿Hacia dónde crees que nos dirigimos? —preguntó Lily.

Sabía que la pregunta no tenía un sentido existencial, pero así es cómo mi mente decidió interpretarla. Tal vez porque todavía intentaba desprenderme de mi padre y del estado de ansiedad en que me había sumido. Tal vez porque todavía me preguntaba si Lily y yo habíamos vuelto a pisar suelo firme. O tal vez simplemente porque estábamos siguiendo a ciegas a once gaiteros y, aunque ninguno de ellos parecía ser el flautista de Hamelín, sabía que con los gaiteros uno debía andarse con cuidado.

Cada vez se unía más gente a nosotros mientras atravesábamos la zona del centro. Durante un terrorífico instante, pensé que nos dirigiríamos a Times Square, que habría sido un lugar imposible de transitar en estas fechas. Pero, en cambio, rodeamos la zona, un montón de curiosos siguiendo a una única melodía.

Para cuando llegamos a Tompkins Square Park, éramos por lo menos doscientos. La música se detuvo durante unos minutos mientras los gaiteros se reunían en el círculo central del parque. Los hípsters curioseaban los alrededores esperando que se presentase alguna otra banda. Pero los gaiteros eran el único espectáculo… y ahora se disponían a tocar otra canción.

Aunque no era ni siquiera mediodía todavía, comenzaron a tocar los primeros compases de *Noche de Paz*. A pesar de que no era de noche, todos nos quedamos en silencio, pues algo en aquel sonido llegó hasta lo más profundo de nuestro ser. Qué canción tan tranquila y triste. Aun sin palabras, todos cantábamos la letra en nuestra cabeza.

*Todo duerme en derredor.*

Yo no creía en los villancicos de Navidad, pero podía llegar a creer algo más en ellos si, como este, nos acercaban un poco más al asombro, un poco más a la gratitud. Incluso en los años difíciles existía algún motivo que celebrar, y yo lo sentía ahora, y esperaba que Lily también.

La siguiente no era una canción navideña, era *Into the Mystic* de Van Morrison. Algunas personas del público comenzaron a cantar. Me di cuenta de que Lily no conocía la canción, así que comencé a cantarle mi desafinada versión, diciéndole que habíamos nacido antes que el viento, también más jóvenes que el sol. Diciéndole que cuando suene la sirena de la niebla, regresaré a casa. Diciéndole que quería estremecer su alma gitana.

Ante estas últimas palabras, Lily sonrió y su alma gitana brilló a través de su sonrisa.

En la última estrofa, ya estaba cantando conmigo. Y más aún cuando pasaron a una conmovedora interpretación de *A Change Is Gonna Come*, de Sam Cooke. Ahora todos cantábamos, acompañados de más personas que iban llegando al parque y se encontraban con este extraño coro conducido por gaiteros. Esto me pareció más significativo que cualquier descuento del setenta por ciento, más que ninguna película de Hollywood, más que ningún cheque que pudiera darme mi padre o cualquier anuncio que pusieran en la tele.

Le coloqué el brazo a Lily en el hombro y ella colocó su brazo en mi cintura, y permanecimos así (dos cuerpos, una entidad) durante el resto de la canción. Después movimos los brazos para poder aplaudir con el resto de la multitud. Los once gaiteros saludaron al público con una reverencia, a continuación, se saludaron mutuamente y luego se dispersaron.

—Estoy muy contenta de que hayamos vivido este momento —exclamó Lily.

—Sí, yo también.

—Creo que es hora de un helado Salty Pimp, ¿no crees? —sugirió.

Asentí con entusiasmo y nos encaminamos a la heladería Big Gay para tomar un Salty Pimp (helado de vainilla, dulce de leche, sal marina y sirope de chocolate) y un American Globs (helado de vainilla, lacitos salados, sal marina y sirope de chocolate). Después nos dirigimos a la calle Mercer para comprar café en Think, donde nos ayudó una estupenda barista con el pelo rosa, que no se molestó cuando pedí un latte helado de vainilla con leche de soja a finales de diciembre. Fuimos con el tiempo justo para hacer una parada en la calle Ocho y comprarles a Langston y a Benny una lámpara con la forma de Beyoncé como regalo de Navidad/por la casa nueva.

(—¿Por qué una lámpara? —le pregunté a Lily.

—Nueva Jersey no tiene mucha luz —respondió, con cierta amargura, pero no tanta como para elegir una lámpara de Mariah Carey).

Para cuando terminamos las compras, me comenzó a doler el ojo y Lily debía marcharse a pasear a sus perros. Nos separamos… pero solo temporalmente. Yo me fui a casa a descansar y luego, por la noche, Lily vino a visitarme con una pizza y algunas películas navideñas. Se sorprendió de que no hubiera visto *Love Actually* y a mí me sorprendió que, en realidad, no fuera una película tan mala. Y si bien no conseguimos ponernos de acuerdo en si *Pesadilla antes de Navidad* era una película de Navidad o de Halloween, la disfrutamos de todas maneras.

Al final de la película, permanecimos sentados unos minutos mientras la pantalla del televisor se volvía silenciosa y azul, después de los créditos finales.

—Me gusta estar así —comenté—. Cuando podemos ser nosotros mismos. Con parche o sin él.

Lily me besó los labios, besó el parche, y besó el párpado al que pudo llegar.

—Tengo que ir a envolver algunos regalos —avisó. Luego buscó dentro de su bolso y sacó el Moleskine rojo.

—Instrucciones para mañana —me informó.

Le prometí que no la abriría hasta mañana.

La eché de menos en cuanto se marchó. Pero como con todos los amores, supuse, el consuelo se encontraba en el hecho de que volvería.

*Miércoles, 24 de diciembre*

No fue mi intención dejar a mi novio abandonado en Strand el día más frenético del año para hacer compras. No había planeado dejarlo abandonado en cada una de las paradas que programé para ese día, en el tour anual de aventuras del cuaderno rojo.

La noche de la Gran Masacre sobre Hielo con Purpurina, tras todo el escándalo, saqué tarde a pasear al plantel de perros cuyos dueños estaban de vacaciones. No había ido con Dash a urgencias porque sabía que se encontraba en las cuidadosas (y ensangrentadas, ¡LO SIENTO TANTO!) manos de muchos amables bibliotecarios heridos. Si aquellas personas cuidaban los libros con tanto mimo, sabía que podrían cuidar de él a pesar de que me preocupaba no acompañarlo al hospital.

—Ve —dijo Dash cuando yo insistí en que podría ocuparme de los perros más tarde, después de que lo hubieran cosido y estuviera mejor—. Será un alivio no tener que preocuparme por ti preocupándote por los perros que tienen que hacer sus necesidades.

No terminé mis tareas de paseadora hasta muy tarde y para cuando llegué a casa me encontraba exhausta. No podía irme a dormir hasta que no se me ocurriera un plan para arreglar la situación. Sintiéndome culpable (y estafada por no haber llevado a cabo mi gran plan original de homenajear a Dash), permanecí despierta elaborando un nuevo plan para un día-divertido-de-reconciliación durante la víspera de Navidad. Organicé el itinerario y escribí las instrucciones en el cuaderno Moleskine rojo.

En lugar de seguir ahogándome en disculpas por haber provocado que la adorable cara de Dash quedara mutilada, pensé que podríamos celebrarlo. Le haría pasar el mejor día de pirata de su vida. Estaba equivocada.

Lo siento.

*10:00 a. m.*

> *Jo jo jo*
> *A Park Slope iremos*
> *En la tienda de Superhéroes nos encontraremos*
> *Una fragata hundiremos*

Nuestra primera parada sería la tienda de Suministros para Superhéroes & Cía., con su puerta trasera secreta, que conducía a una habitación donde ocurrían esos peligros de los que se nos advertía en los vídeos educativos. Aunque me encantara el nuevo fondo de pantalla de mi móvil con Dash disfrazado de Santa Claus, me moría de ganas de cambiarlo por uno de Dash disfrazado de pirata con un parche en el ojo de verdad, un sombrero tricornio, una camisa blanca con volantes estilo espadachín y el abrigo de capitán de galeón que compraríamos en la tienda. Y ya que íbamos a ir, podíamos informarnos acerca de la posibilidad de dejar una solicitud para aumentar el nivel moral de la habitación secreta, lo cual sería un estilo de celebración mucho más elegante que una masacre de purpurina. Y una experiencia más educativa para mi posible futuro bibliotecario.

El Moleskine le indicó a Dash que se encontrara conmigo en la tienda de Superhéroes a las once y media de la mañana, el día de Nochebuena. Antes de partir hacia nuestra aventura debía ocuparme de Boris. Mi perro y yo habíamos pasado la noche anterior de visita en casa de la Sra. Basil E. con el abuelo, y yo estaba a punto de sacarlo a pasear alrededor, y no dentro, de Gramercy Park. Él podría hacer sus asuntos y yo pensaría en todos los regalos que abriría mañana, además de todos los besos que le robaría hoy a mi novio pirata.

Ya le había puesto la correa a Boris y estaba a punto de salir de la casa, cuando oi los versos de un grupo de cantantes interpretando villancicos frente a la verja de Gramercy Park. Imitando el estilo hip-hop, estos hombres blancos de mediana edad cantaban y hacían beatbox al ritmo de El *pequeño tamborilero*. Una multitud se había reunido a su alrededor aplaudiendo y disfrutando la melodía. Reconocí a los músicos y recé para que el abuelo, que aún se encontraba desayunando en la parte de atrás de la casa, no pudiera oírlos.

*Ven, me dijeron*

*Pa ra pa pa pa*

El abuelo no odiaba la canción, odiaba al grupo.

El año pasado, habían sido una plaga en el East Village y el Lower East Side. Se hacían llamar Grupo Navideño de Brooklyn y era un cuarteto vocal de exconvictos estafadores de Wall Street que se habían conocido en la cárcel y, una vez puestos en libertad, se habían mudado al sur de Brooklyn para seguir con sus vidas de delincuentes. Ahora en vez de estafar a inversores, cantaban para los turistas mientras el integrante no musical del grupo les robaba las carteras, los iPhones, las bolsas de regalos y otros objetos de valor.

*A ver al rey recién nacido*

*Pa ra pa pa pa*

No atiné a cerrar la puerta de la casa de la Sra. Basil E. lo bastante rápido.

—¡NO! —Oí gritar al abuelo detrás de mí. Corrió hacia fuera con toda la velocidad que podía alcanzar un octogenario con bastón y problemas del corazón. Desde arriba de la escalera de entrada, agitó el bastón en dirección a los cantantes y gritó—: ¡Parásitos! ¡Son parásitos! ¡Policía! ¡Policía!

La repentina aparición del abuelo en la puerta sorprendió a Boris, que echó a correr asustado hacia la calle. Como la correa continuaba aferrada a mi mano, me arrastró hacia abajo con él.

—¡Lily! —exclamó el anciano mientras yo aterrizaba en el suelo. Me encontraba perfectamente, tal vez me saldría un magullón o dos, pero el abuelo intentó estirarse escaleras abajo para ayudarme.

Se cayó. Con fuerza.

La Sra. Basil E. llamó a una ambulancia. Yo llamé a Dash.


*11:30 a. m.*

Saltó el contestador. Dash se había quedado atascado en Brooklyn en la línea M de tren (también conocido como «Maldito» tren por sus constantes retrasos). Cuando por fin salió a la calle y me envió un mensaje, le pedí que nos encontráramos en la próxima parada del cuaderno Moleskine, así podría quedarme con el abuelo hasta que le dieran el alta en el hospital.

Estaba demasiado asustada para lidiar con la realidad. Me negaba a verla.

Después de que el médico de urgencias viera al abuelo, le mandé a Dash un mensaje contándoselo. El abuelo solo necesita vendajes, estará bien. ¡Te veré en la próxima parada! ¡Lo SIENTO TANTO!

El pirata Dash contestó el mensaje: ¡Grrr! ¿Puede Santa Claus sentirse la cara? Digo, ¿el abuelo?

Me reí. La sonrisa me hizo aflojar la tensión de la mandíbula y me resultó muy agradable.

Tiene algunos magullones en las mejillas y un chichón en la cabeza. Pero ya ha preguntado por el almuerzo, lo cual quiere decir que está bien. ¡Y que se siente el estómago, sin lugar a dudas!, respondí.

Tómate tu tiempo, escribió Dash. Estoy pasando una mañana encantadora asustando con mi ojo a los pequeños consumidores precoces de Park Slope.

¿Estás enseñándoles el parche?, pregunté.

No, me lo he quitado. Pausa. Y ahora me han invitado a abandonar la tienda. ¡Nos vemos pronto!

*03:00 p. m.*

> *En un bergantín hurgaremos*
> *El bar del Botín del Pirata asolaremos*
> *La isla de Manhattan rodearemos*
> *Mientras grito TE QUIERO de forma alocada*
> *¡Tierra a la vista, camarada!*

Perdí la noción del tiempo por completo, mientras la cobertura de mi móvil iba y venía. ¿Por qué la cobertura es tan mala en los sitios donde más hace falta, como los hospitales, los cines o el metro?

Entraron y salieron muchos médicos.

Llegaron mis padres.

Llegaron los tíos abuelos Sal y Carmine.

Llegaron Benny, Langston y el primo Mark.

La habitación de mi abuelo parecía una fiesta. Mis familiares envolvían los regalos para pasar el rato o para no perder más tiempo teniendo en cuenta que al día siguiente era Navidad.

Habían trasladado al abuelo; tenía una habitación individual. Los médicos querían dejarlo en observación durante algunas horas.

Nadie explicó por qué.

Yo había sujetado los billetes a la página del cuaderno rojo, con las indicaciones para el destino pirata número dos.

Olvidé encontrarme ahí con Dash.

¡No pasa nada!, me escribió en un mensaje. No hay nada mejor para una córnea herida que ser azotada por el viento a través del río Hudson.

Lo siento.

No te preocupes. Me acaban de ofrecer trabajo como camarero en el bar de El Botín del Pirata.

¿Porque llevas puesto un parche?

No, porque soy la única persona que está sobria.


*06:00 p. m.*

*¡Rayos y centellas!*
*De vuelta a Strand zarparemos*
*Brillaremos, brillaremos, brillaremos*
*Encontraremos libros sobre timadores, malhechores y filibusteros*
*Encerrados de nuevo en el sótano contemplaremos un s…*


Tampoco acudí allí.

Escribí: ¡Lo siento! ¡Otra vez!

No te disculpes. Encontrarme en Strand durante el caos de las compras de última hora es en realidad el lugar más relajante del mundo para mí. ¡De verdad me quieres!

Estás interrogando a las personas que intentan devolver libros, ¿no es así?

No, estoy tirado en una silla en la sección Aquí Nos Tenéis, Somos Gays a punto de echarme una siesta. MUY FELIZ. Así que no te disculpes. ¿Cómo está el abuelo?

El cardiólogo nos dio las novedades mientras el abuelo dormía.

—Recomiendo que se mude a una residencia.

Una forma amable de decir la palabra más temidas del abuelo: *asilo.*

—Tonterías —protestó mi tía—. Puede vivir conmigo. Puedo brindarle el cuidado que necesita

—¿Su casa tiene escaleras? —preguntó el Dr. Cara de Idiota.

—Es una casa antigua de cuatro plantas. Claro que las tiene.

—Sería muy arriesgado que se cayera otra vez. ¿Está preparada para instalar una silla elevadora para escaleras? —insistió el Dr. Cara de Idiota—. Las casas antiguas de Manhattan no suelen tener suficiente espacio.

—Puedo adaptar las habitaciones de la planta baja para él.

—¿Está preparada para brindarle cuidados médicos en su propia casa? Su medicación anticoagulante debe ser vigilada de forma rigurosa. Se magulla con facilidad, como se aprecia en su rostro, y es propenso a sufrir derrames cerebrales transitorios. Las escaleras constituyen el mayor peligro para su condición. Sin mencionar que son cuatro pisos.

La expresión de mi madre era desalentadora, pero tenía un deje de resignación.

—Sabíamos que este día llegaría. ¿Nos enfrentamos a él ahora o lo postergamos de nuevo hasta que volvamos a encontrarnos con el mismo dilema en unos meses o dentro de un año? Y además nos arriesgamos a que durante ese tiempo su condición empeore aún más.

En el fondo sabía que era la mejor opción para el abuelo. Pero también sabía lo mucho que la odiaría, cuánto se resistiría a la idea, y mi corazón se retorció de dolor. La recomendación del médico pretendía prolongar y mejorar la calidad de vida del abuelo. Para él sería una sentencia de muerte.

Esperaba que la Sra. Basil E. discutiera con mi madre, pero en su lugar murmuró con un suspiro:

—Tienes razón.

—¿Deberíamos cancelar la cena del día de Navidad? —consultó el tío abuelo Carmine. Era una tradición familiar que llevaba celebrándose casi cincuenta años. ¡Qué sacrilegio! Cancelarla era una clara señal de que el fin del mundo se acercaba.

—No —aseguró mi tía—. La fiesta sigue en pie. Ahora, más que nunca, debemos celebrar las Fiestas.

Fue entonces cuando perdí la cabeza.


*07:00 p. m.*

No la llamaron así, pero básicamente me llevaron a una habitación para berrinches. Era un espacio cómodo y discreto, con las paredes blancas acolchonadas y unos sillones mullidos, sin objetos punzantes, donde trasladaban a los afligidos seres queridos de los pacientes para que no perdieran la calma entre tanta mierda. Así es, eso he dicho. MIERDA.

La situación era una mierda.

La Navidad era una mierda.

Todo era una mierda.

La Sra. Basil E. me acompañó. Además del abuelo, era la única persona que siempre sabía cómo calmarme. A pesar de que, esta vez, había sido ella la causante de mi ataque, al sugerir que *celebrásemos* estas oscuras navidades.

Chillé. Grité. Supliqué.

—¡Por favor, no lo obliguéis a ir a un asilo! Ya sabes que el abuelo siempre dice que la única forma en la que dejará a su familia es en una caja de madera.

La Sra. Basil E. no dijo nada.

—¡Di algo! —exigí.

No dijo nada.

—Por favor —insistí de forma tranquila y sincera.

—Esto me duele tanto a mí como le dolerá a él —contestó al fin—. Pero la familia se ha reunido y todos están de acuerdo. Ha llegado la hora.

—El abuelo no estará de acuerdo.

—No lo conoces tan bien como crees. A veces puede ser irascible pero también quiere lo mejor para su familia. No quiere ser una carga.

—¡No es una carga! ¿Cómo puedes decir algo así?

—Tienes razón. *No* es una carga. Es un *privilegio* vivir la vida con un hermano mayor como él. Pero mientras su estado continúe deteriorándose, él mismo se sentirá una carga para los demás. Ya siente un gran peso en su corazón y ese fue el motivo por el cual quiso mudarse a mi casa. A pesar de su negativa, sabía que este día se acercaba.

Me sentía tan egoísta, estúpida e irresponsable. El abuelo estaba condenado a un asilo: su peor miedo. Desde el ataque al corazón, lo había consentido, me había preocupado por él, prácticamente había dejado mi vida en espera para ayudarlo a evitar las consecuencias. ¿Para qué?

Y había pasado la última Navidad que pasaríamos juntos, antes de que lo llevaran al asilo, haciendo tonterías con mi maravilloso novio.

¡Mi maravilloso novio! ¡A quien había guiado en una búsqueda inútil durante todo el día!

Lloré. Y la Sra. Basil E. me dejó llorar sin acercarse a consolarme.

—Desahógate. —Fue todo lo que dijo.

—¿Y tú por qué no lloras? —pregunté entre sollozos.

—Porque esto va a empeorar. Así que debemos levantar el ánimo, poner buena cara y continuar.

—¿Continuar con qué?

—La vida. Con toda su agridulce magnificencia.

*09:00 p. m.*

Finalmente, ocurrió un milagro.

Nieve. No era una gran tormenta sino un polvo suave, dulce y ligero. Mientras caminaba sola de vuelta a casa de la Sra. Basil E. para poder pasear a mi perro, alimentar al gato del abuelo y luego ocuparme de los perros de mis clientes antes de regresar al hospital, la caricia de la nieve entibió mi frío corazón. Saqué la lengua para saborearla: agridulce sin ninguna duda y una señal de bienvenida a la normalidad. Sin embargo, era la noche anterior al día, por lo general, más emocionante del año. Nada iba bien. Nada era normal.

Cuando llegué, Dash estaba sentado en los escalones de la entrada de la casa de la Sra. Basil E. ¡Dash! La batería de mi móvil había muerto hacía una hora y yo ya había renunciado intentar de enviarle más disculpas.

Llevaba puesto un sombrero tricornio de pirata; los copos de nieve le salpicaban el parche del ojo; Boris estaba sentado junto a él. Nunca había visto tanta belleza junta.

—*Grrr* —exclamó el pirata Dash y me acurrucó contra su pecho—. Boris ya ha paseado y Grunt ya ha comido —me susurró en el oído—. Y esta noche ya no tienes que preocuparte por tus perros.

No dije: «Lo siento».

—Te quiero tanto —dije en cambio.

No dijimos nada más y permanecimos abrazados. Él me acarició el pelo y yo apoyé la cabeza en su pecho, ahora envuelto en un nuevo abrigo de pirata.

Sentí la rigidez de un libro a través del bolsillo de su abrigo y supe que se trataba del cuaderno rojo, que lo había guiado en las misiones fallidas de ese día. De todas las personas que la Navidad pasada podrían haber encontrado el cuaderno rojo que asomaba entre los millones (y kilómetros) de libros en Strand, no fue casualidad que hubiera sido Dash. No sé qué nos depara el futuro y espero aceptarlo pase lo que pase, pero sí sé que él encontró el cuaderno porque su lugar está junto a nosotros.

Su familia.

# 13
# DASH

## «And So This Is Christmas...»

*Jueves, 25 de diciembre*

Boomer estaba deprimido.

La familia de Sofía había insistido en pasar la Navidad en España, así que volvía a estar solo. Desolado, vino a casa de mi madre para que fuéramos juntos a la fiesta de la Sra. Basil E.

—No te preocupes, terminará en un abrir y cerrar de ojos —afirmé mientras cerraba la puerta con llave y nos íbamos.

—Un parpadeo es un período de tiempo muy corto —señaló Boomer y luego parpadeó a modo de demostración—. ¿Ves?

Iba a decirle que conocía la duración normal de un parpadeo, pero él continuó.

—Pero supongo que parpadear es algo bueno, ¿verdad? Porque si no lo hiciéramos estaríamos todo el tiempo mirando fijamente y nos dolerían los ojos. Así que supongo que un abrir y cerrar de ojos está bien, si lo dices de manera metafísica.

—Creo que querías decir «de manera metafórica» —corregí.

—No —contestó totalmente serio—. Quería decir «de manera metafísica». Todo es como es. Parpadeas. Luego vuelves y todo es como antes… excepto que algunas partes deben cambiar un poco. Pero ese parpadeo, es completamente necesario.

Pensé en aquello el resto del camino: tal vez Lily y yo simplemente habíamos atravesado un parpadeo. Tal vez nuestros ojos estaban abiertos de nuevo. (O por lo menos uno de mis ojos estaba abierto… pero eso era más bien un asunto médico que metafórico o metafísico).

Llevaba el regalo de Navidad de Lily. Le había comprado por Internet las mejores bandejas para hornear galletas que pude encontrar, y además había usado el cheque navideño de mi padre (enviado a casa de mi madre) para conseguirle unas clases de cocina en el Instituto Culinario Francés, que quedaba en el centro.

Había atado las bandejas con una cinta en vez de envolverlas, así que no fue una sorpresa cuando Boomer comentó:

—Me parece genial que le hayas comprado esos pequeños trineos a Lily. Serán estupendos cuando nieve. ¡Tendremos que ir al parque!

—¿Y tú qué le has comprado a Sofía? —indagué.

—Sé que cuando vuelva echará de menos su casa, así que me he bajado muchas fotos de Barcelona por Internet y las he colocado en uno de esos marcos digitales. Además, le he comprado un proyector para que cuando esté en su habitación y quiera pensar que está en Barcelona pueda hacerlo.

Intenté recordar el último regalo que le había hecho a Sofía, creo que era un osito de peluche. Lily era la primera novia que tenía a la que le hacía regalos que no fueran comprados (de broma o no) en una juguetería.

—¿Cómo consigue uno que se le dé bien esto del noviazgo? —le consulté a Boomer. Una parte de mí no podía creer que estuviera haciéndole esa pregunta. Pero otra gran parte tenía muchas ganas de saberlo.

—No creo que se me dé bien. Pero cuando estoy con Sofía, no pienso si se me da bien o no, y eso hace que se me dé bien. Después vuelvo a casa y me preocupo. Pero cuando vuelvo a estar con ella todo va bien. Creo que en eso consiste el noviazgo.

Cuando llegamos, el antro de la Sra. Basil E. ya estaba muy animado (reconocí a algunas de las personas presentes y a otra gran cantidad, no). Les hice un gesto a los bibliotecarios, que levantaron las copas a modo de saludo. Como no quería cargar a Lily con las bandejas para hornear enseguida, las escondí detrás de una estatua de la Honorable Judi Dench.

Boomer divisó a Yohnny y se acercó brincando hasta él para saludarlo. Yo busqué a Lily pero no la encontré ni en el vestíbulo ni en el salón.

Me pareció que me sentiría como un estúpido si me acercaba a la Sra. Basil E. y le preguntaba si había visto a mi novia. Por suerte no hizo falta.

—Si estás buscando a La Que Nunca Más Llamaremos Lilita Pero Siempre Será Lilita En Nuestros Tercos y Amorosos Corazones, está en la cocina con mi hermano. Por favor, diles que salgan de ahí y socialicen. Al igual que el cuerpo humano, una fiesta puede fallecer sin la circulación apropiada.

Me dirigí a la cocina. Después de lo que Lily me había contado el día anterior, me preocupaba un poco la apariencia que tendría el abuelo. Fue un alivio ver que, a pesar de permanecer sentado en vez de levantarse de un salto para estrecharme la mano, el brillo de sus ojos seguía presente cuando me vio entrar.

—¡Pero si es Dash Silver el Largo! —exclamó el abuelo y rio—. Lily me contó que era grave… pero vaya, parece que hubieras perdido una pelea contra un pulpo. Espero que al menos hayas conseguido darle un par de golpes.

—Tengo por lo menos cuatro de sus brazos. ¿Cómo se encuentra?

—¡Fresco como una lechuga! Debo admitir que esta lechuga ha vivido ochenta y cuatro años. ¡Pero aún sigue fresca! —Se puso de pie lenta pero decididamente—. Ahora os dejaré para que os pongáis al día. Sé que Inga está sirviendo los canapés, y me iría caminando hasta Brooklyn por uno de ellos.

En cuanto el abuelo abandonó la habitación arrastrando los pies, Lily comentó:

—Me pone tan triste.

—Lo sé. Pero si sirve para mejorar su vida y él está de acuerdo, tu tristeza es más bien irrelevante.

Al oír mi comentario, Lily retrocedió y entonces me di cuenta de lo horrible que sonaba lo que había dicho.

—Lo que quiero decir es que… —continué rápidamente—… el abuelo y la Sra. Basil E. son personas muy inteligentes. Saben lo que están haciendo.

—¿Quieres decir que yo no sé lo que hago? —preguntó Lily, todavía furiosa.

—¡Ay, no!

A estas alturas, Lily se había levantado de su silla.

—DÉJAME ESTAR TRISTE Y YA ESTÁ. ¡¿Por qué nadie me deja *estar triste*?!

—Lily, no hace falta que nadie te dé permiso para estar triste —respondí suavemente—. Puedes estar triste, feliz, entusiasmada, desanimada. Pero no pierdas de vista a los demás. Ni cuando estás feliz ni cuando estás triste.

—Bueno, perdóname si crees que te he estado *ignorando*…

—¡No!

—No lo entiendes. Ya nadie vivirá en mi casa, Dash. ¡Nadie!

—Pero todos vivirán en *algún lugar*. Todos estarán cerca.

—Lo sé, pero… —La voz de Lily se fue apagando.

—¿Pero? —Intenté seguirle el hilo.

—Pero *no me gusta*, ¿entiendes? No me gusta cómo todo está cambiando. Cuando eres pequeño, crees que algunas cosas como las fiestas están destinadas a mostrarte como todo permanece siempre igual, ya que celebras lo mismo año tras año, y por eso es tan especial. Pero cuanto más creces más te das cuenta de que sí, hay muchas cosas que te conectan con el pasado y usas las mismas palabras y cantas las mismas canciones, pero la situación ha cambiado y tienes que lidiar con ello. Porque tal vez no te des cuenta en el día a día. Tal vez solo te des cuenta en días como hoy. Y ahora se supone que debo ser capaz de lidiar con eso, pero no estoy segura de poder hacerlo. Como nosotros, Dash. Míranos a nosotros. Es decir, cuando empezamos a salir era como si el tiempo no existiera, ¿verdad? Vivíamos tanto el presente que parecía que nunca sería de otra manera, se trataba de descubrir y no tanto de saber. Era todo tan intenso y tan inmediato, que creo que pensé: bueno, esto es lo que se siente al tener un novio que me gusta de verdad. Y luego: esto es lo que se siente al tener un novio al que quiero. Pero después el tiempo entra en juego y ya nada es tan intenso ni tan inmediato. Y no puedes evitar sentir que algo se está perdiendo por el camino, ¿verdad? Al igual que cuando alguien se muda o ya no está cerca de uno. Tal vez a ti te dé igual que eso se haya perdido, Dash. Puede que no te importe. Pero a mí sí me importa. Me importa mucho. Porque lo siento demasiado y no sé qué hacer al respecto.

—¡Yo tampoco! —confesé—. Hace meses que intento mejorar la situación, Lily. Y la única respuesta que se me ocurre es decirte que hay cosas que no puedes controlar, y el tiempo es lo primero de la lista. Lo segundo son las acciones de los demás. He visto a mi padre destruir a mi madre, destruirla completamente. Y luego los vi a ambos destruir su matrimonio y la única forma de *familia* que yo conocía. Sé que solo tenía ocho años, pero aunque hubiera tenido dieciocho, no habría podido hacer nada más que protegerme a mí mismo. Quería hacer todo lo que estuviera a mi alcance, pero la respuesta fue darme cuenta de que no era algo que yo pudiera decidir. Incluso ahora, no puedo cambiar a mi padre. Y quiero hacerlo, desesperadamente. Incluso admitiré que una de las razones por las que quiero cambiarlo es porque siento que si soy capaz de cambiar todo lo malo de él, entonces quizá también pueda cambiar esa parte de mí. ¿No es horrible? Pero querer eso ¿no es también algo natural?

—Nunca me habías contado esto.

—¡Lo sé! Pero te lo cuento ahora. Y te cuento todo esto porque sé que te están pasando muchas cosas en las que, como dije antes con el tono equivocado, lo que sientes es irrelevante. No puedes detener el tiempo. No puedes hacer que todos estén sanos o enamorados para siempre. No puedes. Pero tú y yo, nuestra relación, eso es algo sobre lo que *sí* tenemos control. Es algo que depende de nosotros. Hay momentos en los que siento como si dependiera solo de ti. Y estoy seguro de que hay momentos en los que tú sientes que depende solo de mí. Pero tenemos que seguir adelante como si dependiera de *nosotros*, de los dos juntos. Sé que no es tan intenso e inmediato como antes, pero eso significa que en lugar de tener solo un presente, ahora tenemos un pasado, un presente y un futuro, todo a la vez.

En ese momento, Lily se ablandó. Me di cuenta. No se daba por vencida, no se rendía del todo. Pero lo estaba entendiendo. Y a mí me pasaba lo mismo. ¿Cómo podía ser que no hubiéramos tenido antes esta conversación?

Probablemente porque no habíamos estado preparados.

—No es justo —dijo Lily acercándose a mí—. ¿Qué es lo único que queremos cuando se trata de la gente que amamos? Tiempo. ¿Y qué es lo más aterrador acerca de cómo evoluciona el amor? El tiempo. Lo que más queremos es lo que más nos asusta, supongo. El tiempo se acabará. Pero mientras tanto tenemos… todo lo demás.

Entonces Lily me abrazó y yo la abracé a mi vez. Y probablemente nos hubiéramos quedado así durante un buen rato si Inga, la encargada del catering, no hubiera entrado justo en ese momento.

—Prometo que no he oído nada —aseguró, lo cual garantizaba que lo había oído todo—. Solo necesito sacar los bollos de queso del horno antes de que se conviertan en queso abollado.

Mientras caminábamos por el pasillo hacia la fiesta, le expliqué a Lily la Hipótesis Sobre el Parpadeo de Boomer. Le gustó mucho.

—Hemos tenido nuestro parpadeo —señaló.

—Sí.

—Y ahora nuestros ojos están abiertos.

—O mejor dicho, ojo.

—O mejor dicho, ojo —repitió.

—Sin duda…

—Volveremos a parpadear.

—Pero está bien que así sea.

—Porque todo estará más claro una vez que lo hagamos.

—Precisamente.

Llegamos al salón: familia, amigos y desconocidos se desplegaron ante nosotros. Había música en sus conversaciones, esa extraña orquestación de la buena compañía.

Busqué su mano y ella sujetó la mía.

—Hagámoslo —dije—. Todo.

# El presente de la Lily del presente

*Jueves, 25 de diciembre*

Era una sensación extraña: había todavía tanta tristeza que procesar y, aun así, sentía que era la mejor Navidad de mi vida.

Todas mis personas preferidas reunidas en mi casa preferida en mi día preferido del año. Riendo. Hablando. Regalando. Comiendo. Bebiendo.

Y Edgar Thibaud en un rincón, el líder de un grupo que estaba sentado a su alrededor, repartiendo un mazo de cartas para cautivar a los asistentes de la fiesta en edad de ir a la escuela primaria, enseñándoles a jugar al póker.

—¿Has invitado a Edgar Thibaud? —inquirió Dash.

—El abuelo lo invitó.

En realidad, lo que el abuelo había dicho fue: «No has invitado a Edgar Thibaud, ¿verdad? Ese sinvergüenza al que en su casa ignoran de forma tan trágica me chocó los cinco en el centro de rehabilitación, me dijo que me vería en la fiesta de Navidad de mi hermana y que nos sentaríamos alrededor de la chimenea para compartir una botella de alcohol con un par de prostitutas».

Me estremecí al recordar al abuelo repitiendo las vulgares palabras de Edgar, pero no pude seguir mintiendo más de un segundo y corregí mi declaración.

—Es decir, lo he invitado *yo*. Al abuelo le da pena Edgar, porque no tiene a nadie con quien pasar la Navidad.

—Por algo será.

—Debemos abrir nuestros corazones a los oprimidos y a los sinvergüenzas —expliqué y le apreté la mano de forma cariñosa—. Es Navidad.

—A Edgar no le han dado la Lista, ¿verdad?

—Nnnooo… —empecé a balbucear.

Pero Dash ignoró mi respuesta. Se acercó a mí y me susurró al oído.

—¿Debería preocuparme tu fascinación con Edgar Thibaud? No miras a ese payaso ridículo y te preguntas cómo sería besarlo, ¿no?

La única ceja visible de Dash estaba levantada a la altura del parche de su otro ojo y los labios se curvaban levemente hacia abajo. Se estaba burlando de mí.

—Sí, me lo pregunto —confesé—. Del mismo modo que me pregunto cómo sería besar a un chimpancé con diarrea.

—Gracias, ahora he perdido el apetito por los canapés de Inga.

—¿Esto está mejor? —pregunté después de darle un beso en los labios.

—Delicioso —respondió Dash—. Jengibresco.

Mi novio sabía qué palabras me emocionaban. Pensé que yo también debía regalarle una palabra al hombre al que le encantaba el lenguaje.

—Edgar es *sicofántico*.

—¿Qué? —preguntó Dash riendo.

—Le gusta rodearse de gente que esté todo el día adulándolo. Les paga para hacerlo, ¿sabes? Los que juegan al ajedrez en el parque. Los chicos coreanos de la fiesta. Probablemente esos estafadores de segundo curso sentados en el suelo.

—¿Edgar paga a la gente para que pase tiempo con él?

—Sí. Siempre lleva montones de monedas en los bolsillos de sus pantalones a rombos solo con ese propósito.

—Ahora todo cuadra —bromeó Dash.

La Sra. Basil E. se sentó en un taburete y dio unos golpecitos a su copa de champagne para pedir silencio.

—¡Atención, mis queridos amigos!

Por lo general, en una fiesta con tantos invitados y tanto licor dando vueltas, se requiere más de una llamada para que todos guarden silencio, pero ella consiguió esa reacción de inmediato.

—Antes que nada —continuó—, gracias por haber venido. ¡Y Feliz Navidad!

—¡Feliz Kwanzaa, Sra. Orégano! —bromeó Boomer, en alusión al apodo de mi tía, Sra. Basil E., que significaba *albahaca*.

La Sra. Basil E. le hizo a Boomer un gesto afirmativo con la cabeza.

—Gracias, Saltarín —exclamó. Luego paseó la mirada por la sala para dirigirse al grupo y, finalmente, posó los ojos sobre el abuelo, que estaba a su lado—. Como sabréis, este año hemos tenido nuestra ración de dificultades y el que viene traerá una nueva cantidad. Por eso, ahora más que nunca, agradecemos vuestra amistad, poder celebrar las fiestas con todos y...

El abuelo le golpeó el tobillo con su bastón.

—¡Déjame hablar de una vez!

La Sra. Basil E. se bajó del taburete rezongando.

—No hace falta que te pongas dramático.

El abuelo sonrió y se puso de pie.

—Es una tradición de muchos años que en las últimas horas de esta fiesta navideña, cuando los adultos comienzan a cantar…

—Y cantar, y cantar, y cantar —repitieron los numerosos sobrinos y sobrinas.

—Sí, y cantar un poco más —continuó el abuelo—, y los más pequeños están exhaustos y listos para irse a la cama, que los mayores rasquemos un poco más de tiempo poniendo una película en el sótano para que los niños la vean mientras se quedan dormidos.

—*¡El mago de Oz!* —exclamó Kerry-prima.

—*¡Sonrisas y lágrimas!* —propuso el primo Mark.

—*¡Haciendo la Navidad gay!* —gritó Langston.

—¿Qué es eso? —preguntó la Sra. Basil E. escandalizada: ¡una película navideña que ella no conocía!

—Era una broma —aclaró Langston—. Es una película para después de la fiesta. Para los que podemos quedarnos despiertos hasta muy tarde.

—Bueno, este año tenemos una sorpresa especial —anunció el abuelo y su mirada se posó cariñosamente en mí—. Lily, si me acompañas abajo, mi regalo de Navidad está allí. Aquellos que quieran ver una película, por favor acompañadnos. ¡Aquellos que no quieran, no lo hagáis! Continuad siendo felices aquí arriba —dijo y luego miró a Edgar Thibaud mientras sacudía su bastón—. Todas las ganancias de las apuestas de esta noche serán donadas al centro de rehabilitación.

Edgar rio. Creo que nunca nadie le había ordenado qué hacer, salvo un juez. Las miradas horrorizadas de varios asistentes de la fiesta le hicieron saber que el abuelo no estaba bromeando.

—Está bien, es justo —repuso Edgar encogiéndose de hombros.

¡Un milagro navideño! ¡Generosidad!

Algunos de los primos se dirigieron al sótano mientras Dash y yo nos colocábamos a ambos lados del abuelo para llevarlo hacia las escaleras y luego ayudarlo a bajar.

—¿Sabías algo de esto? —le pregunté a Dash.

Resultaba raro interrumpir la fiesta tan temprano para ver una película. Tenía la esperanza de que se tratara de una vieja película familiar, pasada a DVD, del abuelo y sus hermanitos cuando eran pequeños.

—Ha sido una gran conspiración —respondió Dash.

Cuando llegamos al sótano, que la Sra. Basil E. conservaba como una cueva para los hombres de la familia durante las temporadas de fútbol y fútbol americano, con el correspondiente bar y un inmenso televisor (que no permitía en ningún otro sector de la casa), el aparato estaba encendido con la pantalla en blanco. El bar estaba preparado como los puestos de comida del cine: con una máquina de hacer palomitas de maíz y un mostrador de cristal con golosinas como M&M, bolitas de chocolate y menta, y todo un estante de Sno-Caps, mis bombones favoritos, acomodadas en forma de árbol de Navidad.

Si albergaba alguna duda de qué era lo que veríamos, esta se desvaneció cuando retiraron la manta que cubría la silueta de cartón de tamaño real, que estaba junto al televisor. Era Helen Mirren como la frágil y ya anciana reina Isabel, con un pañuelo de seda en la cabeza, sosteniendo a Scrumpet, el perro de raza corgi que aparecía en la película.

—¿QUÉ? —chillé a todo volumen, como si fuera una adolescente a quien le hubieran regalado un concierto privado de uno de los grupos de chicos más importantes.

—¡Tranquila, Chillona! —gritó Langston entre la muchedumbre.

Mi corazón latía tan rápido que pensé que moriría de felicidad.

—¿Cómo? —interrogué al abuelo.

—Uno de mis amigos, al que conoces como Sr. Panavision, tiene acceso a unos chismes adorables llamados «screeners», porque es miembro del gremio de votantes en las entregas de premios. Me ayudó a conseguir el DVD original y la cartulina promocional. Pero me hizo saber que se trata de propiedad intelectual muy preciada y que se informará al FBI si el DVD termina en manos de delincuentes. *Así que nadie debe dárselo a Edgar Thibaud ni permitir su presencia aquí abajo.*

—El puesto de golosinas es nuestro regalo, cariño —intervino mi madre.

—Yo he colocado los Sno-Caps —agregó Dash.

—Lo has hecho fatal. Parece una pila de caca más que un arbolito —señaló Langston.

Por todo lo que iba mal en el mundo (las guerras, el calentamiento global, la mudanza del abuelo al asilo, mi casa familiar de toda la vida desmantelada y probablemente vendida), había muchas cosas que iban bien. Las cómicas discusiones entre mi hermano y mi novio. Mi padre comiéndose todas las golosinas de mantequilla de cacahuete antes de que los otros invitados pudieran acercarse a ellas. La Sra. Basil E. dominando a la gran cantidad de invitados. El olor de las palomitas de maíz. El abrazo de mi abuelo. Todas las personas que más quería reunidas en la misma habitación para ver a una reina y a su perro.

Había creído que mi cita ideal sería ver esa película en el cine con Dash, los dos solos. Pero esta cueva era mucho mejor. Estas personas eran mi aquelarre. Feliz Navidad, Lily. Su Alteza.

Me encantó la película. Me encantó la fiesta.

Pero... prioridades.

Tras ver ochenta y siete minutos en pantalla a ese precioso perrito, Scrumpet, necesitaba reunirme con mi perro *de inmediato*.

La conducta de Boris había mejorado claramente durante el último año (solo inmovilizaba humanos contra el suelo una o quizá dos veces al mes), pero todavía no sabía socializar en grandes fiestas, así que lo habíamos dejado en casa durante la celebración navideña. Por eso, tras la película, Dash y yo nos marchamos temprano de casa de la Sra. Basil E. para poder pasearlo y para que yo hundiera mi cara en su feroz pelaje.

Tras pasearlo y llorar mientras le decía a Boris cuánto lo quería y que sería un honor perderme con él en el profundo bosque que rodea el Castillo de Balmoral, regresamos al apartamento para que pudiera darles los regalos de Navidad a mi novio y a mi perro. Primero le di a Boris un juguete masticable, que destruyó en menos de un minuto. Al principio, había sido un muñeco de Donald Trump en perfecto estado y, un instante después, un peluquín volador más un montón de miembros descuartizados.

—Qué bonito, Boris —afirmó Dash mientras le daba unas palmaditas en la cabeza al perro satisfecho. Luego se agachó para quedar cara a cara con él—. «Mastica siempre con dignidad, querido Scrum» —le recordó imitando a Helen Mirren con su tono más monárquico mientras recitaba el eslogan de *Corgi & Bess*.

Era probable que mi regalo de Navidad para Dash me hiciera perder la dignidad, pero intenté armarme de valor para dárselo de todos modos. Antes de hacerlo, le entregué la parte más fácil del regalo. Nos sentamos junto a Oscar, lo recogí de debajo del árbol y se lo extendí. (Mientras le robaba un beso, o cinco).

Tomé el gorro de Santa Claus, que había comprado con la tarjeta de regalo de Dash por valor de 12,21 dólares en Macy's, y se lo coloqué en la cabeza.

—Adivina —dije.

Dash Noel levantó el regalo y lo agitó.

—¿Un salero? —preguntó irónicamente ya que el paquete tenía forma y tamaño de libro—. ¿Esa «batamanta» que Santa Claus se había pedido? Como si no tuviera ya suficientes cosas suaves y calentitas

—agregó y luego miró a Boris—. No hablo de ti, osito. Como sabes, tengo debilidad por Prancer, uno de los renos de Santa Claus. Sin ofender.

Boris le lamió el tobillo como diciendo: «Faltaría más».

—Ábrelo —imploré.

Dash desenvolvió con cuidado el regalo y lo colocó a su lado para volver a usarlo. Mi ecologista de ensueño.

—¡Es un libro! —vociferó con la felicidad de quien ha recibido un coche nuevo de regalo—. No puedo creerlo.

Luego lo examinó más de cerca: era *Cuento de Navidad*, pero no cualquier edición. La encuadernación era de tela roja con un estampado sin color en bajorrelieve, y un diseño, tipografía y bordes dorados.

—Lily, no será una primera edición, ¿verdad?

—¡Ojalá! Quería comprártela, pero cuesta unos treinta mil dólares y la Sra. Basil E. me dijo que si quería seguir con mi trayectoria de persona influyente, debía ser más ahorradora. Así que esta es una réplica exacta de la primera edición de 1843. No es la original. Pero tiene menos polvo y es menos propensa a ser portadora de un siglo y medio de gérmenes. Y el precio es mucho más razonable.

Dash apretó el libro contra su pecho.

—¡Me encanta!

Me acerqué para darle un beso suave sobre el parche y luego le alcancé otro regalo.

—Este lo compré de manera impulsiva en Strand. En la sección de libros antiguos.

Lo abrió.

—*¡La isla del tesoro!* —exclamó.

—Auténtica primera edición con ilustraciones —aclaré orgullosa—. Para mi pirata preferido.

—*¡Grrr!* —exclamó mi pirata.

—Aún hay más —dije.

—¡Los libros nunca son demasiados para mí!

—No es un libro. Este regalo es algo que… debes ver.

Necesitaba reunir todo mi valor para ese momento. Y esperaba que él tuviera la dignidad de no reírse cuando viera mi parte más vulnerable y probablemente más tonta: no era un desafío menor.

Dash esperó fuera de mi habitación mientras yo me cambiaba en privado. Luego entreabrí la puerta y cité unas palabras de uno de los libros que le había regalado.

——¡Entra y conóceme mejor, hombre!

Rio al reconocer la frase de *Cuento de Navidad* y entró con cautela.

—¿Por qué tanto misterio?

Respiré hondo y lo hice: abrí la puerta del todo para que pudiera verme.

Dash inspiró profunda y abruptamente, no de disgusto sino de sorpresa.

—¡Eres el presente de la Lily del presente!

¡Lo había entendido! *¡Ding, ding, ding!*

No era lencería cara pero aun así resultaba un atuendo muy arriesgado. Llevaba ropa interior roja, encargada a una tienda femenina de ropa vintage: unos bombachos tradicionales victorianos, que eran como pantalones piratas sueltos, con detalles de encaje debajo de la rodilla y cinturilla de cordón y un corsé modesto de color rojo, que me cubría el pecho. Para los estándares modernos, iba demasiado vestida. Para los estándares de Lily, estaba prácticamente desnuda. Ni siquiera llevaba puestas las gafas.

—¿Crees que la Sra. Cratchit tenía este aspecto debajo del vestido? —le pregunté a Dash tímidamente. ¿Por qué estaba tan lejos del interruptor? ¡Quería apagar la luz de inmediato!

—Creo que te pareces más a la Sra. Fezziwig. Daba grandes fiestas. Igual que tú.

—¿Y también mutilaba bibliotecarios?

—Solo cuando el Sr. Fezz iba a patinar sobre hielo.

Se hizo una pausa incómoda. Llevaba puesto el atuendo. ¿Qué se suponía que íbamos a hacer ahora con él?

—Ven aquí, Lily del Presente —dijo Dash.

Mi pirata me atrajo hacia él. Me besó. Me besó y me besó y me besó. Lentamente. De manera profunda y dominante.

Entró en mi habitación del todo y le arranqué el gorro de Dash Noel de la cabeza. Luego le paseé las manos por el pelo mientras lo besaba en la frente, en las mejillas, en sus hermosos labios.

—Santa Claus se siente la cara sin lugar a dudas —murmuró.

Luego oímos a mis padres entrar tambaleándose en el vestíbulo, entonados y risueños.

—¿Deberíamos ir a verla? —preguntó mi padre.

—Ya sabes que todas las navidades se queda dormida antes de medianoche —respondió mamá—. Es incapaz de permanecer despierta tras toda la emoción del día.

Los oímos dirigirse bamboleándose hacia la puerta de su habitación.

Me acerqué a la puerta de mi habitación suponiendo que Dash concluiría nuestra sesión de besuqueos y volvería a su casa, ahora que habían llegado mis padres.

En lugar de eso, dijo:

—Cierra la puerta, Lily.

La puerta permaneció cerrada menos de un minuto antes de abrirse de nuevo, sin que llamaran.

Mi padre lanzó el gorro tricornio de Dash dentro de la habitación y exclamó:

—Buenas noches, Jack Sparrow.

—Está ofendiendo a Johnny Depp, señor —comentó Dash.

—Bueno —repuso mi padre—. Ahora vete a tu casa.

Acompañé a Dash hasta el vestíbulo y le di un beso de buenas noches.

—¿Sabes qué es lo mejor que puede regalarte tu amor verdadero? —le pregunté.

—¿Qué?

—Amor verdadero.

Me besó una última vez, se acomodó el gorro pirata en la cabeza, guiñó el ojo que no llevaba el parche y se largó.

Yo no estaba cansada en absoluto y tenía las preciosas bandejas nuevas que Dash me había regalado para hacer galletas. Hora de empezar a hornear.

¡Faltaban solo 364 días para la próxima Navidad!

# Ecosistema digital

## Floqq
Complementa tu lectura con un curso o webinar y sigue aprendiendo.
Floqq.com

## Amabook
Accede a la compra de todas nuestras novedades en diferentes formatos: papel, digital, audiolibro y/o suscripción.
www.amabook.com

## Redes sociales
Sigue toda nuestra actividad. Facebook, Twitter, YouTube, Instagram.

EDICIONES URANO